春春情

吴传玫 ◎ 著

时代出版传媒股份有限公司
安徽文艺出版社

图书在版编目（ＣＩＰ）数据

寿春情/吴传玫著.—合肥：安徽文艺出版社,2023.9
ISBN 978-7-5396-7808-5

Ⅰ．①寿… Ⅱ．①吴… Ⅲ．①长篇小说－中国－当代
Ⅳ．①I247.5

中国国家版本馆 CIP 数据核字(2023)第 125801 号

出 版 人：姚 巍
责任编辑：王婧婧　　　　　　　　装帧设计：徐 睿
....
出版发行：安徽文艺出版社　　www.awpub.com
地　　址：合肥市翡翠路 1118 号　邮政编码：230071
营 销 部：(0551)63533889
印　　制：合肥创新印务有限公司　　(0551)64456946
....
开本：700×1000　1/16　印张：13　字数：160 千字
版次：2023 年 9 月第 1 版
印次：2023 年 9 月第 1 次印刷
定价：48.00 元
....
（如发现印装质量问题，影响阅读，请与出版社联系调换）

自 序

　　安徽省寿县位于安徽省的中部,它北接淮南市区和凤台县,南与合肥市和六安市毗邻,1986 年被国务院公布为第二批国家历史文化名城。寿县寿春镇是一座有着两千五百多年历史的古城,如今的寿春古城,已非昔日可比,它已经融入时代的潮流,奋力前行。

　　寿春镇是我父母的故乡,是他们出生和成长的地方。1938 年,我父亲大学毕业,到西北技艺专科学校任教,一年后我母亲赴甘肃兰州与父亲团聚。从此我的父母远离了这块生养他们的土地,但是故乡寿春镇始终是他们魂牵梦萦的地方。可以毫不夸张地说,对故乡的眷恋和思念,贯穿了他们的整个人生。

　　"文革"结束时,我父亲退休了。此时父亲对故乡的怀念愈加深沉,他曾多次表示,想回寿春老家看看。令人遗憾的是,当时父亲已是重病缠身,再加上当年客观条件的种种制约,这个心愿终未实现。更加可悲的是,父亲在六十三岁时,就因病过早地离开了人世。他给我们做儿女的留下了无尽的悲伤和遗憾！

我母亲比父亲幸运得多，她赶上了改革开放的新时代。在父亲病逝后的近三十年间，母亲曾多次返回故乡寿春镇探亲。进入耄耋之年后，我母亲患了阿尔茨海默病。令人匪夷所思的是，她忘记了许多事情，但对故乡往事记忆犹新。母亲经常用她终生未改的寿春口音，给儿孙们讲述七八十年前发生在故乡的往事。只要一开口，她就滔滔不绝，如数家珍。我常常想，母亲脑海中最后的印记，恐怕就是七八十年前的故乡了！

在母亲生命的最后几年中，她曾多次嘱咐我，把她讲过的寿春往事写下来。临终时母亲给我留下的最后一句话仍然是，把她对故乡的回忆"写下来"。

在母亲去世后的十多年中，我走遍北京、上海、合肥、无锡、兰州的图书馆，多方查找相关的各种历史资料，包括地方志、档案、书籍、旧报刊，甚至包括人物传记等文学作品。我还多次返回寿春镇，寻访仍健在的长辈及其后代，探寻旧址，寻找对往事知情之人。遵从母命，依据父母讲述的故乡往事，我艰难地完成了本书。本书的完成，不仅兑现了我对母亲的承诺，也把百年前寿春先辈们的生活场景变成了文字。我认为，用文字记载百年前先辈们鲜活的生活场景，是一件有意义的事情。它能让百年前先辈们的生活场景不至于因时代的变迁而被遗忘，进而归于湮灭，亦能为家乡的民国历史，提供一个生动的民间实例和一份可信的历史资料。

此外，有必要郑重声明：本书记载的人和事基本是真人真事，但书中人名均为化名。如有雷同之处，则纯属巧合，请不要"对号入座"！

　　本书在修改审订过程中,得到家兄吴传璧的鼎力相助。他的热情鼓励和宝贵意见,给我增添了战胜困难的勇气和力量。在此向家兄吴传璧致以最诚挚的感谢!

　　本书涉及某些历史事件,如果有误,欢迎指正。

　　最后,感谢您对本书的关注!

2022 年 4 月

目　录

一 寿春古城

　　淮河发源于鄂豫两省交界处的桐柏山，一路蜿蜒向东，流进了安徽省。当它到达著名古商埠——寿县正阳关时，被八公山所阻挡，转而向东北方流去，最终汇入了洪泽湖。

　　八公山的主脉横亘在淮河南岸，它有大小山峰三百多座，其主峰四顶山高达两百一十八米。你若登上四顶山的峰顶向南望去，在郁郁葱葱的大地上，一座方方正正的古城池就会尽收眼底。再仔细看，你会看见四面合围的古城墙中，屹立着四座雄伟的古城楼，东淝河如同一条闪亮的玉带绕城而过。这座美丽的古城就是寿县县城所在地寿春镇。

　　寿春镇是座历史悠久的古镇。远在春秋战国时期，它就是一座名扬九州的江淮重镇。在它建城两千五百多年的漫长岁月中，这里曾发生过不少彪炳千秋的历史事件。在此只能略举几例，以飨读者。

　　众所周知，在中国古代水利史上，"华夏四大水利工程"是安丰塘、都江堰、漳河渠和郑国渠。这四大古代水利工程中，又以安丰塘的历史最为悠久，它比都江堰还要早三百多年。春秋时期，楚国丞相孙叔敖在楚庄王的支持下，于公元前 613 年在寿春城南兴建了水利工程——芍陂。到了东晋时，"芍陂"被改名为"安丰塘"。两千多年来，安丰塘使淠河以东的广大地区世代受惠，被人们誉为"天下第一塘"。

战国末年，楚国于公元前 241 年迁都寿春。寿春成为楚国都城后，楚文化在这里得到发展繁荣。但是寿春仅仅做了二十年的楚国都城，秦国就已吞并了五大诸侯国，开始进攻楚国。公元前 221 年，寿春城被秦军攻破，楚国随之灭亡。自此大秦帝国建立，中国历史翻开了新的一页。

西汉时，它的诸侯国之一——淮南国建都寿春。淮南王刘安于公元前 164 年广招天下才智之士，编撰了流芳千古的学术巨著《淮南子》。《淮南子》集中了秦汉以来道家的理论思想成果，在中国思想史上具有划时代的深远意义。

我国历史上著名的"淝水之战"就发生在寿春城外的东淝河边。前秦皇帝苻坚欲消灭占据着东南一隅的东晋，实现他统一中国的雄心，于公元 383 年亲率八十七万大军向东晋袭来。苻坚选定的首战目标就是攻占寿春城。驻守寿春的东晋八万军士奋起抗敌，"淝水之战"由此展开。这场大战的结果是东晋大败前秦，成为中国战争史上以少胜多的军事范例。还为后人留下了"风声鹤唳""草木皆兵"等著名典故。

从隋代到清代的一千三百多年间，寿春城是州府所在地，因此人们都习惯地称寿春为寿州。传递皇帝军令政令的驿马，不分昼夜地从过驿巷中飞驰而过的景象，在寿州城里延续了一千多年。

到了清末,洋务运动兴起。"办实业、修铁路、开矿山",使淮河两岸发生了巨变。民国元年(1912年)津浦铁路全线通车。从此蚌埠这个因产河蚌而得名的小渔村,一跃成为华东地区水陆交通的枢纽,迅速发展繁荣起来。也是在民国元年,由怀远商人招股集资,在淮南建成了一座现代煤矿——大通煤矿合记公司。这家煤矿产煤颇丰,所产的煤转运到长江沿岸,使"淮南"这个地名很快闻名于天下。

民国成立后短短的数年间,位于寿春城东北方的蚌埠和淮南迅速地崛起了。它们如同夜空中突然闪现的两颗璀璨的新星,无情地遮盖了寿春这颗旧星的光辉。再加上民国后寿州改州为县,更加促使寿春古城默默地淡出了世人关注的视野。但迈入民国后的寿春人并没有气馁,他们继承古城优秀的文化传统,努力开创民国后的新生活,继续谱写着古城跨进民国后的新篇章。

二　吴家楼巷

前清以来，寿州城东门里就有条巷子，巷子里全都是青砖细瓦的三进宅院。这些宅院的主人是同一个吴姓家族的近支宗亲。这支吴姓家族在寿州城的东乡和南乡有着数千亩良田，靠着祖辈留下的家业，过着衣食无忧的殷实生活。同城里的其他士绅家族一样，吴家以诗礼传家，承续着古城崇文重教的优良传统。凡吴家子孙皆自幼入馆启蒙，稍长即读"四书五经"。吴家虽然不求子孙出官入仕，但要求他们知书达礼、正直做人。

这条巷子居中、面东的一处宅院，大门修成了两层的门楼。楼下的大门两侧各有一间门房，楼上三间小屋的四面都开有小窗。从这些小窗能观察周围景象，遇到紧急情况时，还能抵御外来的侵犯。在清代的寿州城里，这样的门楼独此一处。所以寿州人都叫它"吴家楼"，这条巷子也被叫作"吴家楼巷"。

清末民初时，吴家楼巷最北头的宅院是吴氏十七世祖嫡长房的住宅。家主吴老太爷生于清同治八年（1869 年）。青壮年时期他亲身经历了国家贫弱、列强入侵和清政府屡次割地赔款。同所有爱国的中国人一样，吴老太爷备感屈辱、满怀悲愤，但又无处伸张，因而养成了忍辱负重、沉默寡言、与世无争的处世态度。

虽然吴老太爷生活在不幸的年代，但所幸拥有一个让他欣慰的家庭。他生有两儿一女，民国初年时长子伯安和次子仲安都已娶妻生子，女儿永芳也已出嫁。若论两个儿子的性情，却截然不同。次子仲安酷似父亲，而长子伯安却完全是另一种秉性。

吴伯安生于光绪十二年（1886 年），民国成立时他刚满二十六岁。千年帝制被推翻，令他惊喜不已。他敬仰孙中山先生，衷心拥护民主共和制度。伯安是个性情豪爽、喜欢广交朋友的人。他有见识、敢作为、肯担当，总是积极参与社会活动和公益事业，对本县的教育事业更是倾尽全力。对待朋友，他能仗义疏财、助人于急难之中；他还能主持公道，善于调解各类矛盾。别看吴伯安年纪不算大，但在寿县士绅阶层中，已是个崭露头角的人物。

清末时，中国知识界就提出"实业救国""教育救国""拆祠堂、毁庙宇、办学堂"的强国主张。这些主张得到社会各界的广泛响应，各地出现了中国人自己开矿办厂的热潮。与此同时，全国各地的洋学堂，如雨后春笋般纷纷涌现。

寿春城自古就文风昌盛，具有崇尚教育、尊重知识的优良传统。在"教育救国"的热潮中，这里绝不落后。寿州的第一所洋学堂建于清光绪二十九年（1903 年），是寿州富绅孙多森在县城南街建立的私立阜财高等学堂。这是一所包括了初小和高小的完全小学。新式学堂传授现代科学知识，用现代科学教育取代私塾里单一的儒学教育,立即受到寿州父老乡亲的广泛欢迎。随后由乡绅集资,或由宗族、家祠出资兴办的洋学堂,在寿州城乡陆续出现。到清末时,寿县已建成了近十所私立的洋学堂。

民国成立后,寿县公署开始出资兴办公立学校。寿县的第一所县立小学,由城里的八蜡庙改建而成。这所县立第一小学比清末洋学堂又前进了一步。它完全按照西式教育开设课程。有些课程不但小学生们兴趣浓厚,连家长们也充满了好奇。譬如体育课,它使孩子们充分释放了好动的天性,又强健了小学生们的体魄;音乐课让孩子们享受到了歌唱的快乐和艺术的熏陶,使小学生们焕发了童真与活力。当人们走过校门时,常常能听到孩子们的歌声和笑声。似乎古老的寿县城也因此而焕发了青春,变得年轻活泼了。

不久,县知事决定依照县立第一小学的办学经验,将县城东街的卧佛寺改建成第二所县立小学。此时,县公署下设的劝学所里只有一名所长和一名劝学员,筹建学校的力量显然不足。于是县知事决定从民众中推举一位协办员,协助建校。

经过城中缙绅们的推举,吴伯安被聘请为寿县劝学所协办员。伯安心中明白,这协办员是个吃力不讨好的差事,但因是实施"教育救国"的事情,他二话没说承担了下来。

卧佛寺是所不大的寺院,因主殿中有一尊卧佛而得名。该寺院有前后两重佛殿,沿西面院墙还有十多间僧房,把它改造成一所小学是绰绰有余的。办学校校舍固然重要，但聘请合格的教师更加重要。劝学所将招聘教师的重任交给了吴伯安。

民国元年，教育总长蔡元培规定初等小学学制为四年，开设课程有：修身、国文、算术、手工、图画、唱歌、体操等七门。另外，教育部对小学应聘教师的学历有严格规定，不允许降低标准。

为了招聘到合格的教师，吴伯安走遍了合肥、六安、蚌埠、淮南等周围的城镇、乡村。经过数月时间的努力，费尽周折，他终于陆续请到了六位合格教师。在学校筹建过程中，吴伯安的认真、努力和踏实肯干，深得劝学所所长的赞许。不久他被任命为县立卧佛寺小学首任校长。

县立卧佛寺小学即将如期开学了，但是难题又来了。教师们已经准备按课程表上课了，县公署上报省里的教育经费却迟迟没有批拨下来。这六位教师都是单身来寿县应聘的，领不到薪金，又没有家，一日三餐如何解决？为了让教师们能安心教书，解决他们的吃饭问题成了头等大事。伯安征得父亲的同意，从开学第一天起，即请六位教师来吴家吃饭，而且一日三餐全部免费。好在卧佛寺小学离吴家楼巷只有一箭之地，往返很方便。就这样，六位教师在吴家免费就餐将近一年，直到教师们领到薪金为止。

吴伯安舍己为公的举动得到了县公署的赞誉，也很快传遍了全城。对于伯安的义举，寿县人各持己见。大多数人敬佩他、赞扬他；当然也有人不置可否；还有少数人认为他是个大傻瓜，把他当作笑柄，还给他起了个绰号——"吴大傻子"。当年的寿县城里，"吴大傻子"这个绰号到处传扬，真是无人不知、无人不晓。与此同时,吴伯安在县公署以及本县士绅、民众中的声望也在不断增长。自此以后的几十年中,吴伯安的身影再也没有离开过寿县的教育界。

三　娃娃亲

民国五年(1916年)的"秋老虎"格外猖狂。时近重阳,人们才从漫长的酷暑中解脱出来,享受到了秋高气爽的舒畅。

黄昏时分,从吴家楼巷吴伯安家的宅院里,走出一个五十来岁的健壮妇人。这妇人是吴家的女佣,今晚要去北大街金家,找她的侄媳妇商量私事。她的这个侄媳妇四年多前来金家当奶妈。如今被她侄媳妇奶大的金家长孙已经四岁多了,她侄媳妇仍在金家做女佣,补贴家用。因为婆家姓张,金家上上下下都随孩子喊她这个侄媳妇为"张干妈"。

张干妈的婶婆婆从北大街走进一条小巷子,从金家后门进了后院。金家后院很大,除了厨房、女佣们的住房、仓屋和磨屋外,还有水井和几畦菜地。张干妈正在厨房里,听见有人喊她,忙探出头来瞧,原来是自己的婶婆婆来了。她顺手拽过一把小竹椅,请婶婆婆坐下。又进厨房端出一碗自己喝的凉茶,放在婶婆婆面前的小桌上。接着婆媳俩就头挨着头,低声交谈起来。

忽然,张干妈听到金老太太的声音:"春桃,后院的地不平,当心着点,别摔着妮妮!"婆媳俩忙抬头看,只见金老太太正从正院通后院的门里走出来。在老太太的前面,有一个粉白漂亮的女幼童正在蹒跚学步。丫头春桃紧跟其后,伸出双臂左右拦护着。金老太太手里还牵着个两岁多的小女孩,也是白白嫩嫩、俊俊秀秀的。张干妈的婶婆婆赶忙起身施礼:"给老太太请安了!"金老太太笑着说:"别客气!你大老远来,走一趟不容易。你们娘俩多讲会儿话再去。"这位婶婆婆笑着答谢了,又说:"老太太好福气呀!有这样两个像白玉琢出来的俊孙女,真是谁见谁爱呀!"正说着,小女孩向她紧走了几步,仰起头来,一双乌黑的大眼睛盯住她直笑。这位婶婆婆喜欢得不得了,忙抱起孩子,在粉脸上接连亲了几下,又问:"这位二小姐叫什么名呀?几时生的?"老太太答:"叫妮妮,去年八月初一生的。刚过一岁一个月了!"张干妈的婶婆婆咂着嘴赞叹不已,又说:"俺们吴家楼东家的大孙子已经五岁了。也是去年,又得了个二孙子,只比您老人家的二孙女大了两个月。长得别提有多俊俏、多伶俐了!也是十个人见了十个人爱!我家老太爷和老太太当成活宝贝似的,怎么疼也疼不够呢!依我看,和您这位二孙女,真正是天配地设的一对儿呢!"金老太太笑着问:"你家二少爷是几时生的?"她笑答:"去年六月初三生的。"金老太太又笑了:"还真差不多大呢!"张干妈的婶婆婆忙说:"可不是,我说般配吧?"又说:"我给你们两家牵这根红线,您老看照不照?"金老太太只当是玩笑话,随口笑答:"照呀!"

张干妈的婶婆婆年轻时也当过奶妈,她奶大了吴家的大少爷吴伯安,接着又在吴家做了近三十年女佣。如今吴伯安升格为大爷了,吴家人又都喊她"张干奶"了。她对伯安的孩子,如同对自己的亲孙子一般疼爱。作为吴家老仆,她知道老太爷不大管事,现在家中大小事情,基本都由大爷伯安定夺。从金家回来的第二天下午,她趁空去见大奶奶。张干奶尽其所能,描述了金家二小姐如何漂亮、可爱,与自家二少爷如何般配,极力地撮合这门娃娃亲。

吴大奶奶的娘家与金家住得不远,她没出嫁时,就知道金家是户忠厚人家。听了张干奶的话,有些心动了,当晚就把张干奶的话讲给伯安听。吴伯安虽然没搭话,但心中已决定,等打问清楚了再讲。

寿县北大街的西大寺巷口,住着一户吴姓人家,与吴家楼巷的吴家虽同姓,但并不同宗。在寿县,吴姓是人数不多的小姓,同姓人之间多有来往。吴伯安与西大寺巷口吴家家主吴永庆,是颇能谈到一起的朋友。他知道吴永庆家离金家很近,就去找吴永庆打听金家的底细。天下竟有如此巧合之事,原来吴永庆的五姐就是金家二奶奶,而这次要定亲的金家二小姐妮妮,正是吴永庆的外甥女。从吴永庆那里,吴伯安知道了金家的根底,觉得两家的确门当户对。伯安又请示了父母,取得了老人们的支持。不久,吴老太爷亲自出面找了媒人,派往金家提亲了。

这天,吴家派来的媒婆进了金家大门,金老太太才想起半个多月前同张干妈的婶婆婆讲的玩笑话,如今竟被当了真!媒人走后,金老太太给她的老伴讲起这件事的来由。金老太爷可是位说一不二的家主,听了老妻的话,他沉默了良久才开口:"论吴家的门第,与俺家相当;若论家业,还在俺家之上。吴伯安的为人,城里人早有公论,也没得讲。就是孙女太小,定亲事有些早了!"金老太太见丈夫犹豫不定,就讲:"女孩儿家,碰到合适的人家,能早定亲就早些定吧,省得以后麻烦!"金老太爷知道妻子话中有话,暗指他们小女儿家珠的婚事。他们的大女儿家珍定亲早,十七岁就出嫁了。而小女儿家珠一直没寻到合适的人家,直拖到快二十岁时,才与薛家定了亲。这薛家远在天津做生意,又迟迟不来迎娶,硬把家珍拖成了城里少见的老姑娘。金老太爷觉得老妻的话有道理,又琢磨了一会儿才说:"这户人家不错,先应承下来,等对了八字再讲吧!"

次日,媒婆被唤来。金老太爷让她传话,同意两家议亲。随后双方交换生辰八字,请阴阳先生批注。可喜的是,八字相合,大吉大利。接着两家按照习俗,举行了订婚礼。

就这样,两个刚一岁多的婴孩,就在双方祖父母的主持下,定下了这门娃娃亲。

四　北大街金家

同吴家楼定了娃娃亲的金家，也是寿县城里的老户人家。金家祖籍徽州，前清时金家的先祖到正阳关经商，其中有一支就定居在寿州城了。金老太爷就是这支金家的后代。

金老太爷生于咸丰九年（1859 年），曾获得过五品衔候补巡检。他有位本家在江西做官，就举荐他做了江西掌管盐务税收的官员。在多年管理盐务税收中，与奸猾的盐商反复较量，让他练出了识别真假金银的特殊本领。金锭银锭经过他的眼和手，他立刻就能判断出是否掺假。他为人正派，从不与盐商暗地交易。在江西任上，他是位深得上司信任的好官。

民国成立后，金老太爷返回寿县。状元第看上了他的为人和管理钱财的能力，聘请他做了状元第的财务总管。状元第的店铺、田产、房产、钱庄颇多，管理不易。经他掌管后，账目清楚，钱款无误，他深得状元第主人的信任。除此之外，金家在城里有房、城外有田，生活无忧。

金老太爷有三儿两女。但大儿子不幸于十一年前就病故了，死时才二十四岁。大儿媳十七岁过门,一直没有生育,刚二十一岁就守寡了。守寡十一年来,她吃斋念佛、苦修来世。

大奶奶对佛祖异常虔诚,十一年来她从不沾荤腥。每日三餐前,当厨娘来窗下喊:"大奶奶,饭开锅了!"她就会挪动那双地道的三寸金莲,一摇一摆地去厨房,从锅里盛出两碗最洁净的米饭,一碗献佛祖,一碗留给自己。她总是先把一碗清水、一碗米饭捧到堂屋楼上的佛堂,献给菩萨。拜佛之后,再回厨房。取出自己专用的刀、案及锅碗瓢盆,给自己炒盘素菜下饭。大奶奶拜佛极为诚心,每天凌晨三点她就去佛堂做早课了。清晨当家里人起床时,她已在佛堂诵经多时了。别的季节还好,不知道十冬腊月的凌晨寒冷中,她是如何苦熬苦度的? 每天晚上,她也要去佛堂诵经许久。盛夏伏天的傍晚,当太阳下山暑气初散时,伙计们打来清凉的井水,泼洒在院里的青石板地面上降温。丫头们在廊檐下擦洗竹凳、竹椅、竹床,再摆到院子里准备乘凉。待晚上暑气散去后,大家都来到院中,或坐或躺,手摇扇子享受一天中难得的些许清凉。院里乘凉的人们只要抬头,就能看见堂屋楼上的佛堂里,大奶奶衣着整齐地跪在佛前诵经。任凭院中大人们谈笑、孩子们打闹,大奶奶都像没听见似的。楼上的佛堂,白天已被毒日头晒透,夜晚暑气仍然聚积在里面,如同蒸笼一般。谁都能看见大奶奶的衣衫早已被汗水湿透,贴在了背上,汗水在脸上不停地流淌。但她跪在那儿纹丝不动,只有嘴唇在轻轻开合。此情此景让人看上一眼,就再也不忍心看第二眼了。许久之后,她终于做完了晚课,方起身下楼。直到此时,乘凉的家人们才为她长长地舒一口气。大家都在想,她如此苦志修行,真能修出来世的幸福美满吗? 恐怕只有老天才知道吧!

　　金老太爷的大儿子下面是两个女儿家珍和家珠,她们都已出嫁。再下面是二儿子家诚。家诚是父母最疼爱的孩子,既懂事又孝顺。家诚媳妇是个心地善良、性情温顺的人。小两口情投意合,十分恩爱。民国元年,二儿媳为金老太爷生下了长孙玉琳。按照族规,若长子去世时没有留下子嗣,长孙必须过继给长房,以继承香火。因此这位孙少爷一落地,就抱给了长房,成为大奶奶的子嗣。在外人看来,这是件寻常事。可是对孩子的生身父母,真如同摘胆剜心一般!

　　二奶奶刚从生育的痛苦中挣扎到孩子落地,还没有顾上仔细端详一下自己的第一个孩子,婆婆就让早已找好的奶妈把孩子抱到大奶奶屋里去了。可怜的产妇深深陷入了失子的痛苦中。两天里她泪水不干,吃不下,睡不安。这天晚上,婆婆来到她的床前,轻声慢语地劝慰她:"不让你给孩子喂奶是为你好。你想,你若见了孩子,又喂了奶,不是更舍不得孩子了吗?对你有什么好处呢?怎么说也得把孩子送给长房呀!"又说,"孩子又没送给外人,还是在家里,你还是能见得着呀!"二奶奶的娘和姐姐们来看望,也劝她:"你为孩子着想,他成了长房长孙,以后要独得双份家业,岂不比跟着你更强?再说你年轻,以后还会有儿子。那时,你的两个儿子各顶着长房和二房的名分,不是占了两门的家业吗?有什么想不开呢?"但是,这件事带给金二爷和二奶奶的伤痛,只有他们自己明白,别人谁能体会一二呢?

　　从此后,母子虽然住在一个院子里,二爷和二奶奶天天都能听到自己孩子的哭声、笑声,但绝不能随便走进大嫂屋里去看孩子。即使见了面,也不能表现出亲热来,否则定会惹得大嫂不高兴。实际上,父子、母子已经完全分离了!好在两年后,二奶奶生下大女儿小媛,民国四年(1915年)又生了二女儿小妮。这两个女儿才让二爷和二奶奶失子的伤痛慢慢愈合了。

三十二岁的大奶奶得了大少爷玉琳为子,如同观音菩萨在她干涸的心田中洒下了甘露。从此,她的日子变得滋润起来。这个孩子就是她终身的依靠和希望。

金老太爷的三儿子家宁只比他二哥小两岁,娶妻也有五六年了。三奶奶虽然怀孕多次,但每怀到三个月时就流产了。这两年来,可怜的三奶奶已经渐渐黄瘦,房门都很少出了。看来,这又是个苦命的人。

金家除了这嫡亲的几口人外,还有杨家三表爹。他是金老太爷母亲的娘家侄子,是个哑巴,终身未娶。杨家三表爹平时看大门、扫院子,有时去后院淘麦子、磨面或舂米。他是个忠厚的老仆。

五　去无锡

自明朝以来,寿州城里就有个孙姓大家族。因为孙氏家族支系繁茂、人口众多,被寿州人戏称为"孙半城"。清咸丰九年(1859 年),孙家出了个状元孙家鼐,"孙半城"在寿州的权势更是空前显赫。

孙状元是朝廷重臣,做过光绪帝的帝师。他还曾于 1898 年奉光绪帝之命,创办了中国近代的第一所大学——京师大学堂。孙家鼐虽然长住北京,但是在寿州城里仍然有状元第、太傅第、进士第等几处府第。这些府第里面,都住着状元家的亲支近族。

孙家鼐与朝廷重臣李鸿章、张之洞、左宗棠等,都是洋务运动的积极倡导者和努力践行者。他们勇于学习西方列强的先进科学技术,实现实业救国、实业强国的理想。在中国几千年的封建社会里,重农轻商是一贯的传统。对于视"工商"为"末业"的中国社会来说,这些朝廷重臣的举动,是一反传统、惊世骇俗的,也是令世人敬仰的!

孙家鼐的侄子娶了李鸿章哥哥李瀚章的女儿,这对夫妇生有两个儿子孙多鑫、孙多森。洋务运动掀起高潮时，孙家两兄弟恰值壮年。1898 年，在叔祖父孙家鼐和外祖父李瀚章的极力支持和积极筹款下，孙多鑫和孙多森创办了中国第一家近代机器面粉厂——上海阜丰机器面粉厂。

上海阜丰机器面粉厂建在上海市莫干山路的苏州河边。光绪二十六年（1900 年）春季，该厂正式开工，生产出了首批国产由机器制造的面粉。清政府积极扶持这家中国人最早创办的机器面粉厂，特别批准该厂生产的面粉在全国免税。从 1900 到 1913 年，这家面粉厂年年获利丰厚。到 1914 年，第一次世界大战爆发，输入中国的洋面粉大量减少，而国产面粉却能大批出口。此时，国内外市场中的面粉均供不应求。上海阜丰机器面粉厂抓住时机，努力扩建老厂、增建新厂，使该厂的面粉产量大幅度增长，利润年年飙升。从 1914 到 1916 年，该面粉厂赚了个盆满钵满，年年利润率在百分之五十五以上。此时，这家企业已下辖多个机器面粉厂，早已更名为上海阜丰面粉公司了。

当年孙氏兄弟创建上海阜丰机器面粉厂时，从寿州带出了一千多名乡亲到上海，占全厂职工的百分之九十以上。可以说，除技术人员从外地聘请外，管理人员和工人全部是故乡亲友和孙家佃户。随着孙氏企业的发展，孙家常常回家乡招工。寿州的青年人，谁不盼着去孙氏企业就职？一来，面粉公司待遇好、收入高；二来，谁不想去繁华的大上海见见世面？但是，要进孙家企业并非易事。首先必须是孙家的本家、亲戚、故旧、朋友或佃户。若与孙家无亲无故，基本上是进不去的。

民国五年的秋天，阜丰面粉公司回乡招工的消息，在寿县城里不胫而走。身为状元第财务总管的金老太爷,五天前就知道这个消息了。可是这件事对他来说,不是件好事,反而是件令他头疼的事。因为几年前家诚就想去孙家面粉厂做事了,金老太爷已阻挡了两次,每次都闹得父子间不愉快。今年该怎么办呢?

金老太爷虽然生了三个儿子,大儿子早亡就不提了;二儿子家诚为人忠厚,又聪明能干,是金老太爷的得力助手;三儿子家宁是个心思全放在享受、玩乐上的人,他不会做事,也不想学着做事,金老太爷对他瞧不上,也不抱任何指望。所以做父亲的当然舍不得放家诚远离自己了。

五天来,金老太爷一直思来想去,终于想明白了。他决定放家诚去外面闯一闯,让他见见世面,长些本事。以后自己年纪大了,或者家中遇到什么事时,再命令家诚回来。家诚是个孝顺、顾家的孩子,他相信凭借着做父亲的权威,家诚到时候会重回家乡的。

这天下午金老太爷刚回家,正坐在堂屋里喝茶,家诚就进来了。他先给父亲请安,然后小心翼翼地打问起阜丰面粉公司招工的事。得到父亲肯定的答复后,他鼓足勇气向父亲说出自己想去。堂屋里静了好一会儿,家诚才听见父亲说:“你想好了? 那可是离家千里,一个人去生地方挣命的事,可不是好耍的!”家诚马上回答:“我早就想好了。我都二十六岁了,就想学些本事,靠本事养活自己。”金老太爷默默地吸了几口水烟,叹口气说:“你都闹几年了,这次我也不拦你了。想去,你就去吧!”家诚没想到父亲答应得如此痛快,高兴得恨不得蹦起来。父亲看着他又说:“明早你随我一道去状元第报名吧。你六叔家的家明这次也去。正好,你们兄弟俩也是个伴。”家诚一听,更高兴了。家诚比这个堂弟大三岁，两人从小一起玩，很合得来。这次有家明一起去，真是太好了！

报名后家诚才知道，他们这批人不是去上海，而是去阜丰面粉公司在无锡和苏州的工厂工作。无锡和苏州都是与上海毗邻的著名工商码头，能去无锡、苏州做事，他们照样高兴。家诚和家明都能写会算，被招收为管理人员。

晚上，父母和家诚仔细商量去无锡的事。老夫妻俩考虑儿子离家远，很可能几年也难得回家一趟，就决定让家诚带着妻女同行。金老太太仍不放心，让家诚带张干妈和丫头红喜一起去。张干妈忠厚能干，又心细勤快，是二儿媳的好帮手。有张干妈和红喜跟了去，做父母的才能真正放心。

接下来就是忙忙碌碌的临行准备，还要向亲友们一一辞行。

金家人中只有五岁的玉琳最不痛快。他知道二叔二婶是自己的亲生父母，但自己是长房的人，不可能跟着去。对两个妹妹，他羡慕极了；对自己的奶妈张干妈又恋恋不舍。总之，这件事让他怎么也高兴不起来。

启程的这天清晨，家诚一家和送行的人刚走出北城门，就看见东淝河边的城关码头上停靠着十多只航船，全都是淮河航道中最常见的双桅南湾子船。领队正在招呼新招收的职工们登船。已经登船的金家明见堂哥一家来了，忙下船来接。原来家明没带妻女，只单身一人。家诚和家明被安排在同一条船上，四间客舱中兄弟俩就占了两间。

船开了，船上的人纷纷与岸上的人挥手告别。家诚和家明站在船头，只见岸上自家来送行的人越退越远了，最后连北城楼都变成了黑点。

　　火红的朝霞映红了东方的天空,也映照得河水一片通红。东淝河上飞翔的白鹭、两岸碧绿的庄稼、树林遮掩下的村庄,都在向船尾倒退着、倒退着。家诚在心里对自己说:"再见了,亲爱的故乡!"

　　家诚早就打问过了,从寿县到无锡虽说顺水,但日行夜泊,再加上有时不顺风,估计得走半个月左右。航程大致是这样:沿东淝河向北,经过淝口、淮口驶入淮河;再向东北到蚌埠;由此一直向东,进入洪泽湖;出洪泽湖继续东行到淮安,从淮安就能驶入京杭大运河了;然后一直南行,就能到达无锡、苏州。

　　年轻的金家兄弟立在船头,望着水天一色的远方,心中对前程满怀着憧憬和期望。

六　吴开照相馆

　　自从家诚一家去了无锡，金老太爷夫妻俩就天天算着日子，盼望着他们平安到达的消息。当日子数到第二十天时，他们就天天打发跑街伙计小顺子去邮局等信。这天，小顺子终于等到了无锡寄来的信，飞跑回家，忙交到老太太手中。

　　金老太爷得知收到了无锡的信，急忙赶回家中。他戴上老花镜，哆哆嗦嗦地忙扯开信读了起来。信中写道，家诚他们是在开船后第十二天抵达无锡的。下船后就住进了厂里安排的一个小院中。这小院前门临街，后门临河，水井就在院门口，生活很方便。家诚又在信中告诉他们，他的工作已经定下来了，是负责从阜丰面粉公司下属的仓储堆栈及麦庄，往面粉厂调运小麦。还说，无锡、苏州一带产的杜黄麦是面粉厂的头等原料，以后他还可能带人去周围乡下收购小麦。最后说他们一切都好，请父母和全家人放心。读完信，老两口长长地舒了一口气，脸上露出了久违的笑容。

就在金家收到家诚的信的这天，家诚的岳母也收到了五女婿报平安的信。

家诚的岳母是位刚强的母亲，令家诚十分敬重。岳母嫁到吴家后，接连生了五个女儿，最后才生下宝贝儿子吴永庆。不幸的是，家诚的岳父去世早，岳母刚四十岁出头就守寡了。她靠着祖辈传下来的田地平淡度日，将六个儿女养大成人。又凭着自己的节俭和要强，硬是给五个女儿都备足了体面的嫁妆，把她们一个个风风光光地嫁了出去。最后，她的独子也娶妻生子了。六个儿女的婚事，已让岳母家底告罄；孙子们的接连出生，更使家境走向清贫。仅靠田租已难以为继，家诚的妻弟吴永庆便开了家纸笔店，然而生意平淡。岳母家生计的艰难，家诚久已铭记心间。到无锡后，家诚一直留意为妻弟寻找解困的途径。

民国七年（1918年）的一天，吴永庆收到五姐夫金家诚从无锡寄来的信。这封信除问候外，详细地介绍了近年来在上海、南京和无锡等大城市出现的照相馆，信中还夹着一张五姐夫全家的照片。让他惊奇的是，照片上的人同真人一模一样，见了照片如同见了真人。永庆想，这也太神奇了！这洋玩意儿就是不一般！

半个月后，吴永庆又收到五姐夫寄来的一封厚厚的信。信中先介绍了现在在北平、天津、上海、南京、广州等大城市里出现的照相馆；又讲照相业已成为新兴的西洋行业，凡有洋人的地方，都有照相馆，连无锡都有。接着五姐夫讲，他去照相馆仔细打问过了，这个行业不错，获利很高。又写道：“现在寿县还没有照相馆，如果在寿县开家照相馆，生意一定不错！”五姐夫又问他,"愿不愿意学习照相,然后开家照相馆?如果愿意,我会帮着购置全套设备,帮你把照相馆开起来。"

接到五姐夫的这封信后,吴永庆就琢磨起来。自己开的纸笔店,城里同类店铺太多,赚不了多少钱。五姐夫给他指的这条路,确实很不错,为什么不试试呢?姐夫说开照相馆全凭手中技巧,自己既不傻又不笨,只要肯下功夫,凭什么学不会呢?他找老母亲商议,母亲一听就赞成,还说:"你五姐夫是自家人,他说好,准没错!"很快永庆给五姐夫回了信,表示自己愿意学照相技术,也很想在家乡开家照相馆。希望五姐夫多多帮助,还表明了自己的决心。

又过了快一个月,吴永庆收到从无锡寄来的三本书和一封信。信中五姐夫夸他有志气、有决心,叫他认真读这三本书。永庆翻看了一下,这三本书有的讲照相机的原理和构造,有的讲照相机的操作要领和底片冲印技术,还有一本专门介绍照相术的理论知识。从此他认真读这三本书,搞清其中的道理,并苦读强记其中的要点。实在弄不明白的地方,他给姐夫去信请教。五姐夫总会帮他打问明白,再写信告诉他。几个月来,他几乎钻进了这三本书中。同时,他对照相技术的兴趣也越来越浓厚了。

民国八年(1919年)春,吴永庆收到五姐夫托返乡同事捎回的两只大木箱和一封信。他迫不及待地打开信看,原来五姐夫给他捎回了全套照相器材,并鼓励他勤学苦练,尽快掌握这门技术,让照相馆早日开张。信中还说胶片、相纸、冲印药水是消耗品,用完后给照相器材公司写信,他们就能按要求邮寄到寿县。

打开木箱一看，一套崭新的德国造照相机的部件显露出来。有产品说明书、相机组装方法，还有详细的操作步骤。另一只木箱中有冲印相片的全套器材、药品，还有一只马蹄钟。永庆高兴之余，立即着手组装相机。他废寝忘食地琢磨、练习照相和冲印技术，常常忘记白天黑夜。他逐渐摸索、总结出一套自己的操作诀窍，形成了自己的操作规范。

正当吴永庆紧锣密鼓地筹办照相馆时，万万没有想到，竟被易彦方抢了先。易家的彦方照相馆于六月初在钱李巷开张了，它成了寿县第一家照相馆。永庆沮丧极了，写信告诉五姐夫。很快他收到回信，五姐夫劝慰他说："照相行业的竞争是照相技术好坏的竞争，不取决于店开得早晚。谁家的相片拍得好，谁家的生意就好。"吴永庆赞同姐夫的看法，更加抓紧时间做开店的准备。

永庆的三姐嫁到黄家，住在临近十字街口的照壁巷口，那是个繁华所在。永庆向三姐夫租了两间临街的屋，改建成了店铺。他给自家的店命名为摹真照相馆，并于民国八年八月初正式开张了。

寿县城里两家照相馆相继开张，轰动了县城和十里八乡。果然不出五姐夫的预料，永庆的生意十分兴隆。请他去拍婚礼、寿诞、孩子满月照片的接连不断，来店照相的人也络绎不绝。永庆白天忙拍照，夜晚忙冲印，甚至顾不上按时吃饭和睡觉。

随着两家照相馆的名声远扬，永庆发觉易家照相馆的店名起得更好。照相馆用店主名字命名，店出了名，老板的大名也扬了出去，真是名利双收呀！于是，吴永庆决定给照相馆更名。他用自家的姓做店名，将摹真照相馆改名为吴开照相馆了。

吴开照相馆,这是个多么响亮的名号啊!从此吴开照相馆的店名响彻了寿县城及周边的村镇。

七 三姑家珠

金老太爷的次女家珠生于光绪十四年（1888 年），比家诚大两岁。本应是家诚的二姐，但叔伯姊妹大排行下来，她行三。所以弟妹们喊她三姐，侄辈们唤她三姑。

金家珠从小被父母娇惯，后来婚姻不顺利，硬把她耽误成了老姑娘。出嫁前她的脾气就变得很坏，她的两个弟弟都得让着她。自从嫁到薛家后，她的日子过得更加不如意，简直像从天堂掉进了地狱。

薛家是天津富商。家珠的丈夫是薛家最小的儿子，是个不务正业的浪荡子。成日里"打茶围""喝花酒"，在外面鬼混，夜不归宿是常事。可是公公婆婆对小儿子的所作所为，总是视而不见，听而不闻。一开始，家珠曾劝过丈夫，招来的不是打就是骂，她也只能听之任之了。

另外，更让家珍寒心的是丈夫总嫌她土气，瞧不起她的装束，还厌恶她的小脚。装束可以改变，可是厌恶她的小脚，让她忍无可忍，还勾起她无尽的委屈和悲伤。她不由得想起五岁起被裹脚时的悲惨经历，那真是浸泡在血与泪中的三年！简直就是过地狱中的鬼门关呀！她忘不了给她裹脚时娘总说的几句话："一双大脚丑死了！将来怎么嫁得出去？""大脚片子的女人，怎么有脸站到人面前去？还不让人笑话死？""忍得一时痛，才能换得一世的风光！"娘还说："祖祖辈辈的女人，从小谁不是这么过来的？"她更忘不了裹脚时那日日夜夜撕心裂肺的疼痛。彻骨的疼痛让她睡不着觉，吃不下饭，天天眼泪流不断。真正如同老话所说，"小脚一双，眼泪一缸"呀！可是如今世道变了，不时兴小脚了，自己小时候受的罪，算是白受了。裹脚时娘讲过的话，如今全都颠倒过来了！现在时兴天足，人人都瞧不起小脚。这双小脚不仅没给自己带来丝毫的光彩和幸福，反而成了被丈夫厌恶的祸根。痛定思痛，为了少遭丈夫的白眼，她只能顺应时势，改变自己的形象。

从此，家珠以嫂子们为榜样来改变自己。她把陪嫁的老式衣装压进箱底，穿上天津时髦的新式衣装。头发也按照时兴的式样去梳理和装扮。又叫陪嫁丫头倩儿去街上买来"假趾套"。这"假趾套"是模仿大脚形状的脚套，前面填充着棉花。穿上它以后，小脚立时被伪装成大脚模样了。她穿上"假趾套"后，又学着嫂子们穿上时髦的皮鞋，猛一看竟与大脚无异了。

尽管家珠改变自己的装束，努力追赶天津的时髦，可仍然换不来丈夫的好脸。这让她伤心极了，也更加怀念自己亲爱的爹娘了。

想回娘家，就只能让娘家人来接。可怎么能让娘家知道她的心愿，来接她呢？她想到了一个机会，那就是趁公公给自己的爹寄问候信时，把消息传过去。家珠不识字，更不会写字，只能现学。从此，她只要碰见小侄子下学回来，就想尽办法把他哄到自己屋里，连哄带玩地跟他学写一两个字。功夫不负有心人,她终于从小侄子那儿学会了想学的那几个字。背着人,她一笔一画地把心愿写在了一张纸上,藏了起来。

端午节前,婆婆告诉家珠,她爹有信来,她的家中一切都好,让她放心。又过了些天,公公唤她去,说是给她爹写了回信,问她可有什么事要告诉娘家。家珠告诉公公没什么事要讲,但要求公公让她亲手给这封信封口,公公允许了。她趁着给这信封口的机会,把自己写的字条装了进去。

这天,金老太爷收到一封天津薛亲家的来信。抽出信纸时,却掉出一张从小学生描红本上裁下来的纸。捡起来一瞧,只见上面歪歪扭扭地写着七个大字:"秋天来接天天哭。"金老太爷马上猜出是家珠写的,他的心像被刀捅了似的痛,老泪差点儿掉下来。他立即决定待天凉了后,亲自去天津接女儿回来。

白露还没过,金老太爷就打点行装,从蚌埠乘火车去天津了。中秋节前,他带着家珠回到了家乡。到家后家珠才向爹娘哭诉了自己的种种不幸,她娘也陪着她掉泪。金老太爷只是听,并不讲话。常言道:"嫁出门的闺女泼出门的水。"婆家的是非,娘家哪里管得着?他待家珠哭诉完了,才说:"现在回家了,就别想婆家的事了。有你娘和你大姐做伴,高高兴兴地在家住。薛家不来接,就不回去!"又安慰女儿说,"往后隔个一年半载的,我就叫人去接你回家来住住!"

家珠回到娘家真像是鱼归大海,舒畅极了。有爹娘做靠山,她比做姑娘时更加骄横,简直成了家中一霸。似乎她在婆家受的委屈,全要娘家人给她补回来。

尽管刚到家时,金老太爷就严令家珠的陪嫁丫头倩儿:"薛家的事,不许乱讲!"但是半个月后,家珠遭姑爷嫌弃、遭受冷落的事,还是悄悄传开了。有人同情家珠,但受过家珠欺侮的人都暗地里说:"善有善报,恶有恶报!""这是老天报应!"

八　离无锡返乡

　　上海阜丰面粉公司经过十多年的发展，早已不是单一的面粉公司了。1916 年，该公司设立了中孚银行，又陆续在上海、天津、北平等地设立了分行，其分支机构遍布全国。1918 年起，中孚银行开始办理国际汇兑业务，成为中国第一家特许经营外汇的商业银行。1920 年，该企业在南京投资房地产业，为此，近年来又零星投资建设一些企业，如盐业、伐木业等。孙氏企业不仅把业务拓展到国内各大城市，还发展到国外。

　　随着孙氏企业的发展，状元第的孙氏亲眷们，年年都有不少人被派往各大城市任职，有的还被派往国外。这些人的父辈也大多随子女们离开了寿县。为此，近两年来，状元第的钱庄、店铺、田产、房屋大多已转让或正在转让中。见此情景，金老太爷去年年底主动辞去了状元第的差事。

　　赋闲在家的金老太爷，时常为儿孙们的长远生计思考。他觉得仅靠田产养家，只能混个温饱而已。若想让儿孙们生活得富足，就必须另谋生财之路。作为徽商的后代,金家有经商的传统。远的不讲,只讲金老太爷嫡亲的四弟,就在十字街口近旁开了一家同庆康绸缎庄,生意一直不错。此时,金老太爷自然想到做生意这条路。再往深里一想,虽然自己前年已过了六十大寿,但现在仍然耳不聋、眼不花,精力旺盛,体格强健。他自己觉得,这副身板,再做几年生意毫无问题。他找自己的四弟商量,得到四弟的赞同和鼓励,就更有信心了。于是,金老太爷下定决心,打算开店做生意了!

要开店必须有帮手,这事却有点犯难。虽说身边有个三儿子家宁,但金老太爷心里明白,这个儿子指望不上。自从家诚去了无锡,家宁交了些浪荡子弟,成天在外面鬼混,还学会了抽大烟。幸亏金老太爷发现得早,将他痛责一顿,禁锢在家。做父亲的给他立下规矩,从此不许他私自踏出家门半步。要抽大烟也行,由家里买,在家里抽。若有违背,立即赶出家门。近年来,家宁虽然守规矩了,但做父亲的仍认为他担不起重担,做不了大事。

再三考虑,唯一的办法是叫家诚回来。金老太爷明知二儿子在无锡过得很好,肯定不想回来,但为了金家的长远利益,必须用父亲的权威命令他辞职回家。

民国九年(1920年)的早春,家诚收到父亲的一封来信,打开来看,信的内容令家诚大吃一惊。原来父亲让他辞职回家,帮着家里开店做生意。接到这封信后,家诚夫妻俩都心情沉重。在这里,家诚工作顺利,收入高,薪水还年年在涨。二奶奶在这里是主妇,上无公婆,下无姑子妯娌,日子过得很舒心。可是家诚是个孝子,念家塾时就懂得"三纲五常",知道"父为子纲"的道理。对他来说,父命如山,是无法违抗的。经过几天反复思索,家诚只能委屈自己、劝导妻子,去成全父亲。尽管他们夫妻俩都很勉强,也只能强迫自己遵从父命了!

四月初的一个清晨,家诚一家启程回故乡。他们包了两只船,前面的大货船上装着在无锡时的全部家具什物,还有新购的各类特产和用品、礼品。数量众多的木箱、竹篓、藤筐、网篮、行李、包袱堆满了货舱。舱底还装载着许多产自江西、皖南或浙江的名贵红木。后面的小客船上,住了主仆六人。家诚的同事、好友都来送行。家明带着他在无锡娶的陶姑娘也来了,陶姑娘还抱着他们半岁大的儿子。当家诚一家登上后面的小客船后,大家依依不舍地挥手告别。

开船后不久,众人都睡着了,唯有二奶奶心绪难平。她想的事很多,眼前还总是浮现出家明原配媳妇悲苦的面容。家明在老家的原配媳妇,同她是关系密切的好妯娌。虽然家明媳妇已经知道家明在无锡娶小的事,但是回到家,见了面,让她怎么宽慰家明媳妇呢?她实在想不出主意来。

还是来时的航程,可是逆水而行,有时还逆风,直到第十四天才到达蚌埠。此后熟悉的景物越来越多。第十六天的中午,寿州古城楼终于进入视野,随后越来越大、越来越清晰了。家诚的眼睛湿润了,而二奶奶、张干妈和丫头红喜,全都喜极而泣,竟然放声大哭起来。

船靠稳后,站在船头的家诚,见一个十七八岁的小伙子跑过来。他边挥手边喊着:"二爷,你们可回来了!"待他跑到了跟前,家诚才认出是跑街伙计小顺子,三四年过去,已经长成大小伙子了!小顺子说:"老太爷算定了你们到家的日子,从前天起,就天天打发我来码头等。今天总算让我等到了!"二奶奶忙问:"老太爷和老太太可好?"小顺子答:"都好,就是总盼着你们到家呢!"

家诚吩咐小顺子去叫辆车来,小顺子飞奔而去。一会儿,一辆马拉轿车来了,二奶奶、张干妈、红喜带着孩子们先上车回家了。

门房杨家三表爹看见二奶奶等人在家门口下车了,忙向院里嗷嗷地吼叫。二门里的丫头秋菊先看见了,就喊起来:"二奶奶回来了!"屋里、院里的人立刻跑过来,围住了他们。二奶奶见三姐家珠扶着婆婆,站在堂屋檐下直抹眼泪,忙拉着小媛、小妮紧走几步,给婆婆跪下,张干妈和红喜也跟着跪了。大家哭成一团。

二奶奶先止了泪,站起身来给三姐见礼,然后扶着婆婆进了堂屋。二奶奶把两个孩子推到老太太面前,说:"快喊奶奶!"老太太把她俩揽进怀里,摸着头仔细端详着感慨道:"都长这么大了!"而两个孩子一开口,却讲出难懂的无锡话,惹得满屋人又都大笑起来了。

张干妈把一个七八岁的男孩拉到小姐妹面前说:"这是你们的大哥!"又对玉琳说,"这是妹妹,以后要好好带她们玩!"姐妹俩早知道有个哥哥,这会儿总算认识了。

此时,全家人中只有公公和三弟家明不在,二奶奶和其余家里人都逐一见了礼。

家诚在码头上一直忙到傍晚才回家,父母和全家人都在堂屋等他。亲人相见，难免一场悲喜交加，然后才开始畅述离情。

　　到家后的第二天晚上，家诚带着妻女去看望岳母。岳母连声夸赞女婿的帮助，说现在生意好，家中的日子越来越好了。永庆说买相机的钱早已赚回来了，现在姐夫要做生意，正是用钱的时候，说着就把钱塞给姐夫，家诚也就不推辞了。

　　寿县的习俗是"行客拜坐客，坐客不晓得"，意思是出远门回家乡的人，要主动拜访亲友们。金家是个大家族，金老太爷的亲兄弟共有七人，所以家诚光是堂兄弟就有十多位。再加上表亲和本家的兄弟姐妹，真是一个不小的群体。但是亲戚再多，拜访的礼节不能少。家诚夫妇带着礼物——登门拜访。接下来各位长辈的子女们代表他们的父母开始回访。天天家中门庭若市、来客不断。

　　家诚从无锡带回来一架美国造的维克多牌大喇叭留声机，就摆在厅屋里。男客们进了厅屋，家诚总要给他们放放唱片，让他们见识稀罕。客人们见家诚摇动留声机上的手柄，转盘便转了起来，接着家诚把唱针搭到唱片上，立时，当今最负盛名的伶界大王、"小叫天"谭鑫培那高亢而洪亮的唱腔，就回荡在客厅内外了，还是谭老板那最有名的《洪洋洞》和《卖马》中的唱段。客人们个个都瞪大了眼睛，瞧着这神奇的洋玩意；人人都屏住了呼吸，静静地聆听这绝美的京剧唱段。但谁也捉摸不透，这究竟是怎么回事？只是默默地想，有了这么个洋玩意，坐在家里，什么时候想听，什么时候就有，可真不赖呀！

堂屋的女客们却是另一番景象。客人们刚进堂屋时,这里的中心却不是二奶奶,而是六岁的小媛和五岁的小妮。她俩那一口难懂的无锡话,总能乐翻了满屋的宾客。寿州人把寿州以北的人统称为"北侉子",而把寿州以南的人统称为"南蛮子"。所以小姐妹俩立马得了一个响亮的绰号——"小蛮子"。这绰号传开了,谁来了都要故意逗她俩生气、惹她俩着急。越着急、越生气,她俩的"蛮子话"就讲得越多、越快,大人们就越高兴,常常哄笑声一片。这个亲、那个抱,她俩简直成了一对活宝贝。直闹得两个孩子拼命挣扎出来,逃进院里的孩子堆时,客人们才把注意力转移到二奶奶的身上。

姐妹、妯娌们渴望了解外面的世界,好奇心十分广泛,包括城市风貌、衣食住行的方方面面。对于二奶奶从头到脚的细微变化,她们都要仔细问个明白。二奶奶一个人应对不过来,常唤来张干妈和红喜帮忙。谈论起梳头时,红喜绘声绘色地说:"每逢二奶奶有事出门的日子,就要找梳头婆来家。大清早总有几个头上插把梳子、腋下夹个布包的梳头婆,在街边转悠着揽生意。把她们叫来家,你要梳什么式样的头,她们都会,还能梳得又快又好,让你挑不出半点毛病!"当有人问起做菜时,张干妈则畅谈起无锡排骨和"无锡三白"(指太湖产的白鱼、白虾和银鱼)的烧制方法,让客人们听得津津有味。每位客人临走时,二奶奶都会送些头绳、木梳、头饰、缎面鞋料、巾帕、香粉或洋皂之类的小礼物,让她们欢欢喜喜地离去。

几天后的一个晚上,家明媳妇带着女儿翠姑来了,二奶奶把她们让进自己住的小院中。可怜的妇人哭诉丈夫对她的无情抛弃,始终泪水不断。翠姑和小妮同岁，但是不像个才五岁的孩子。她不去找小妮姐妹玩，却从头到尾依偎在她母亲身边，听她母亲哭诉，陪她母亲流泪。

按家乡规矩，家明未经父母允许，私自在外面娶小，这个小妾在家族中是毫无地位的。她连"姨娘"的名分都没有，终身只能被家中人称为"陶姑娘"。但这丝毫不影响她受到丈夫的宠爱，也不影响她成为无锡家中的主妇。而家明的原配妻子，只能在家乡独守空房。二奶奶又能怎么办呢？只能说些宽慰的话，陪着流些同情的眼泪罢了。

九　童真岁月

回老家的头几天，小媛和小妮对一切都充满了好奇。比起无锡，这儿院子大，人也多，还有来来往往、总也认不完的亲戚。家里最热闹的时候是早饭后，干娘、丫头们齐聚后院水井边的青石台上浆洗衣裳。棒槌有节奏地击打在皂荚水泡过的衣物上，发出嘭嘭声。井台周围逗笑声、打闹声响成一片。不多会儿，竹竿上就晾满了各色衣物，井边才重归平静。半晌午时，总有人在院里高喊："收浆了！"小姐妹知道这是在提醒人们，浆洗过的衣裳已经半干了，必须先用手将平展，拍打后再晾开。洗衣人重返后院，接着响起了一片拍打衣物的声音。姐妹俩每早都跟着红喜去井边凑热闹，很快和所有人都成了"熟人"。

不久，小媛和小妮对每天重复的井边"聚会"失去了兴趣。这时姐妹俩才发现很难见到爷爷、爹爹和三叔了。他们总是早出晚归的，偶尔回家一趟，也是匆匆来、匆匆去。晚上，往往她俩已经睡着了，爹也没回来。娘有她的事，总在忙，顾不上管她们。哥哥整天在家塾里，也没工夫陪她们玩。全家最闲的人，除了她俩，还有奶奶和三姑。

每天清早，大姑就坐顶小轿来了，把她的两个儿子送到家塾后，就同奶奶和三姑在堂屋里打牌。陪她们一起玩牌的，有时是大姑的婆婆，有时是其他客人。奶奶她们玩起牌来，往往一玩就是一整天。

既然没人陪小姐妹玩，她们就寻找自己的乐趣。不久，姐妹俩就把自家院子钻了个遍，连堂屋楼上的佛堂和堆放杂物的屋子都"光顾"过了。佛堂里没什么好玩的，碰见大妈还要挨训斥，就不再去了。但旁边放杂物的几间屋子很好玩，有的堆着旧的桌椅、几柜、竹床、竹椅、冬天烤火用的炭盆；有的放些锣鼓、破灯笼、木箱、篮筐。最有意思的是一只大木箱，里面有只尖顶带红穗的帽子，还有花花绿绿的各式旧衣服、旧帘帐、绣花的旧椅搭子，等等。问了母亲，母亲说那木箱里有前朝的官服、官帽。前朝是指哪一朝，她们也不想搞明白，只觉得那衣服上绣的花和鸟真好看。

一次，她俩在后院玩，正在爬一棵桃树，恰好让奶奶瞥见了。奶奶生气地数落她们："丑死了！哪还有点闺女家的样子？都成了野小子了！"还训斥母亲没有管教她们。从此她俩懂得，为了自己的娘，玩时得躲着奶奶。

不久，家里来了个五十多岁的古怪客人，引起了小姐妹极大的好奇。说"古怪"，是因为这人是男是女都叫人猜不透。此人身材瘦小，穿了身灰色和尚袍，光头上还戴顶灰色的小圆帽，活脱脱是个没留胡子的小老头。全家人都喊这人"老斋公"，姐妹俩就猜这人是个和尚。可是老斋公开口说话时却不对了，竟然是细声细气的女腔。接着张干妈又把她领进了丫头们的屋子住下了。这时姐妹俩才敢肯定，这是个老尼姑！

后来的几天里，大妈同老斋公形影不离。她们不是在佛堂里念经，就是在大妈屋里嘀嘀咕咕讲个不停。问了张干妈后，她俩才明白，原来老斋公是大妈念经的师父。她每年都会来家里住上三五日，给大妈讲经。可是明明是个尼姑，为什么不喊老斋姑或老斋婆，而要喊老斋公呢？母亲和张干妈都回答不了。她们又不敢问大妈，只好糊涂下去。好在没几天老斋公走了，她们也就把她扔到脑后去了。

这天母亲要去姥姥家，带着她俩去了。这是她们第二次去姥姥家，当然高兴极了。一进姥姥家大门，见两个男孩和一个女孩在院里玩。看见母亲，他们齐喊："五孃好！"娘对他们说："璐子、琦子、芸子，这是你们的表姊妹，一起好好玩！"

进了堂屋后，姥姥把她们搂到怀里问长问短，又拿出花生给她俩吃。接着娘打发她们去院里玩。她俩一进院子，五个孩子就喊叫着奔后院去了。这天她俩玩得特别痛快，都舍不得走了！姥姥家离自己家很近，从此她俩常跑到姥姥家找表弟表妹玩。

一天在姥姥家，恰好二姨家的表姐来了。多了一个玩伴，他们玩得比平日更痛快。吃晚饭的时候，红喜找来了。她俩硬是不回家，非要在姥姥家吃。晚饭后，娘又打发红喜来接她们回家，她们还是不回去。后来干脆学二姨家表姐的样，脱了衣服钻进姥姥被窝里了。天晚了，娘亲自来接她俩，她俩还是死赖着不走。娘越是喊，她俩越往床里面钻，拉都拉不动。姥姥笑嘻嘻地对娘说："不走就跟我睡吧！我这儿香！"娘没办法，只好随她俩了。

一会儿舅妈来了,见四个小丫头都挤在婆婆的被窝里,马上乐坏了。她笑着说:"满床的脚丫子,满床的小脑袋,叫你姥姥怎么睡?"姥姥却笑眯眯地说:"我喜欢,有她们才热闹呢!"舅妈二话不说,硬是把小芸子抱走了。不然,还真不知道这一夜让姥姥怎么过呢!

又一次,小媛、小妮和表弟们玩恼了,吵了起来。舅妈怎么都哄不好,就生气地说:"不好好玩,就回你们自己家去!"她俩一赌气,果真走了。可是只隔了一夜,她俩就把这"逐客令"忘得一干二净。第二天一早,她们照旧跑到姥姥家来了。舅妈一见,乐坏了,用食指点着她们的小脑门,笑着说:"外孙子是姥姥家的狗,前门打出去了后门走!"五六岁的孩子只在乎玩,哪在乎什么狗不狗的?舅妈爱说什么,尽管说去,谁管呢!以后照老样成天往姥姥家钻。两个月过去,她俩的无锡话在不知不觉中变成寿州话了。

在姥姥家,小妮也有怕的人——她最怕见舅舅。舅舅虽然很少在家,可偶尔也会碰到。每次舅舅一看见小妮,就会笑着高声喊她"老吴家的"。她知道只要提到吴家,就是指她未来的婆家,就绝对不是好话。所以她有了经验,远远瞧见舅舅回来,她马上就躲了。

有一天,她和小芸子、姐姐正在院子里玩跳房子。舅舅同一个高个儿客人,边谈着话,边进了前院厅屋。厅屋里不时传出爽朗的笑声,小妮忙躲进姥姥屋里。谁知过了一会儿,舅舅又领着那位客人进了堂屋,要给姥姥请安。舅舅发现了她,上前一把抓住她的小胳膊就拉,还笑哈哈地连声说:"快去见公公!快去见公公!"小妮另一只手抓住床架挣扎,可着嗓子尖叫。姥姥过来解围了,让舅舅别闹了。坐在堂屋里的那位客人也高声说:"别惹了!

别惹了!"舅舅才住了手,但还是笑着说:"这次算了,下次可不饶了!哪有见了公公不拜的?"从此她更怕舅舅了,见了舅舅如同老鼠见了猫,赶紧溜。小妮有了忧愁,有婆家真倒霉!

不久的一件事,更让她见识了有婆家的不幸。

一天下午来了亲戚,娘叫小媛、小妮带亲戚的孩子玩。四个孩子高高兴兴地在后院玩起了捉迷藏。小妮先是躲在厨房后墙靠着的一排秫秸秆后面,结果被抓住了。再玩一次时,她和小兰子都跑出了后门,躲在巷子的墙角里。

只见几个前院的男孩子在巷子里追打着,其中就有出了名的捣蛋鬼小山子。小山子一瞧见小妮,就聚拢其他孩子,同他们挤眉弄眼、指指点点地咬耳朵。很快,小山子领头,他们全都怪声怪气地喊起来:

光葫芦头,卖香油,

一卖卖到吴家楼。

听见狗打架,

趴倒就磕头。

这群猴小子边喊叫,边摇头晃脑地胡蹦乱跳,全都满脸坏笑,斜着眼睛瞟着小妮,小山子还一个劲儿地冲着她扮鬼脸。每当他们喊到"吴家楼"三个字时,声音格外响亮,其中小山子的怪声最为突出。

他们喊前两遍时,小妮还没有搞明白是怎么回事。直到听第三遍时,她才从"吴家楼"三个字里明白了,原来这几个坏小子是冲自己来的!当他们喊第四遍时,她已经冲回自家院子,放声哭了起来。

门房杨家三表爹正巧在后院磨屋里淘麦子、晾麦子,准备磨面,见小妮被人欺负了,马上走出后门。他冲着那群还在大喊、怪叫的浑小子,边挥拳边吼叫。哑巴三表爹的怒吼声,把这帮坏小子吓得没影儿了。

张干妈正坐在树下捻麻绳,小妮跑过来,一头扑进张干妈怀里大哭起来。杨家三表爹在旁边一个劲儿嗷嗷叫着,又用手指着门外比画着。张干妈还是不明白怎么回事,还是小兰子和小媛给张干妈解释清楚了。张干妈边笑着给小妮擦眼泪边说:"那群猴崽子,不用去理他们。明儿见了小山子,我狠狠地骂他,给你出气!"小妮哽哽咽咽地说:"他们……喊……吴家……楼!"张干妈反而笑了,说:"吴家楼有什么不好?他们想去,人家吴家楼还不要呢!"

在张干妈的百般抚慰下,小妮终于不哭了。但她搞不明白,为什么自己有婆家,而姐姐却没有?为什么有婆家就要被人笑话,还要遭人欺负?不明白就不明白吧,但她记住了一条,今后只要听到"光葫芦头",就赶紧躲,千万不能等到人家都喊到"一卖卖到吴家楼"时才跑,那时就晚喽!小小的人儿,似乎也明白了一个道理——"走为上策"!

十 金协顺果品店开张

金老太爷盘算着开店已近一年了,开个什么店是头一个大问题。经过对城里各类店铺明察暗访,他最终决定开家糕点果品店。城里糕点行当的店铺,几乎都是前店面后作坊自产自销的形式,他决定也这样办。接着他到处寻找合适的店铺。商铺的位置对未来生意影响极大,不能不慎之又慎。为此他费尽周折,最终在南大街离十字街口不远处,看中了一个合适的处所。他与房东初步谈妥,确定下来。

家诚回来后,父子第一件事就是把这处店面租赁下来。接着整修铺面、招收伙计、聘请师傅、联系货源、商谈价格……事情又多又杂。家诚怕累坏老父亲,总是勇挑重担,专拣最累最难的事去做,又吩咐三弟家宁时刻留在父亲身边,做好父亲的帮手。

二奶奶见公公、丈夫、三弟为了开店,总是早出晚归,常不能按时吃饭,不久,上年纪的公公面显憔悴,丈夫比在无锡时明显黑瘦了。二奶奶心中着急了,公公和丈夫都是家中的顶梁柱,谁被拖垮都是绝对不行的。她就向婆婆提出，以后每晚由她给公公、丈夫和三弟做顿"小饭"，给他们补养身体。她的提议立即得到婆婆的赞同。

二奶奶所说的"小饭"，其实就是夜宵。从这天起，二奶奶精心调制这顿"小饭"。无论父子三人何时回到家，总有热气腾腾又营养美味的"小饭"在等着他们。二奶奶做的"小饭"，有鸡丝馄饨、虾肉水饺、牛肉汤粉、鸡汤挂面、肉馅饼和粥等，总能十天内不重样。为此，二奶奶被婆婆夸奖了几次。听见的人无不赞同，只有三姑姐撇撇嘴，表示并不认同。

当店里请的师傅和伙计即将进店时，金老太爷找人在自家后院另盖了一个大厨房，又找来厨子。店里人的一日三餐，由厨子做好，按时送到店里去。

经过三个多月筹办，八月初，店里一切准备就绪。经阴阳先生推演，开张吉日定在中秋节前的八天。为迎接开张，店里制作了各式糕点，又赶制各式馅料的月饼，并购进大量咸鸭蛋及各类干果、食材。万事齐备，只待开张了。

开张前一天，伙计们把楼上的锣鼓、灯笼、五彩绣球尽数搬下楼，拉到店里去。因为店铺开张，家中忙乱，家塾也特别放了两天假。玉琳和小媛、小妮都想去店里瞧热闹，可奶奶不让去，说店里已经够乱，他们去了更要添乱。开张第二天的中饭后，玉琳又闹着要去店里瞧瞧，小媛、小妮跟着起哄。奶奶被闹得实在无法，只好让小顺子带着他们去逛逛，又千叮咛万嘱咐，只能在街对面瞧热闹，不许进店！

小顺子带着三个孩子兴冲冲地出发了。刚走到十字街口，就听到了震耳的锣鼓声和鞭炮声。待进入南大街，只见自家店铺前人潮涌动，喧闹声一片。四个人忙走到街对面看起来。只见两间门面宽的屋檐下，高悬着一块黑漆金字牌匾，上面披着红绸，两边悬着红绣球，檐下挂着四盏大红灯笼。小顺子让玉琳念匾上的字，玉琳大声念道："金协顺果品店。"小媛问："那灯笼上是什么字？"哥哥答："也是'金协顺'三个字。"小顺子笑起来："你们俩怎么跟我似的，不识字？"小妮忙说："我们都能认一百多个方块字了，就是'协''顺'两个字不认识。"正说着，可巧三叔从街上走过，瞧见他们。三叔招呼他们跟着，从侧门把他们引进了店铺后院。

这院子三面都是砖木结构的两层小楼，上下十多间屋。院子如同一个天井，楼下两间大屋是糕点作坊。从门外往里瞧，见四五个人正在忙着。还有一间账房，其余全是库房。爷爷正好在账房里，看见他们四人，顾不得责备，叫小顺子带他们上楼瞧瞧，然后早点回家。四个人答应了，赶紧上楼。

楼上沿着围廊一转都是竹竿搭成的架子，直伸到廊外。竹架上铺着竹帘子，上面晾满红枣、花生、核桃等各色果品和干货食材。楼上除几间库房外，还有师傅和伙计们的住房。这个小院又严实又整洁，处处相通，井井有条。作坊、库房、住房、晾晒，各有各的地方，互不相扰。小顺子从心底赞叹老太爷和二爷的精明能干。这样一家大店，才三个来月就在南大街建成了，怎么能不令他佩服呢？

其实小顺子见到的，只是金协顺果品店刚开张时的表面情况。在开张后的中秋节期间，金家父子确实获得了生意上的成功。中秋节前，城里的糕点店都在暗中较量，争夺节日期间的商机。金老太爷与糕点师傅认真商讨月饼的馅料和面料，尽可能使自家月饼能符合市场需求。家诚在包装上面下功夫，请人设计了招牌纸，又送到纸坊去印刷。当一批大红色招牌纸送来时，得到众人一致赞美。正方形的大红色蜡光纸上，印着八个烫金大字"协顺字号，加料冬糖"，四围环绕着缠枝莲花图案。柜台伙计卖货时，用包装纸包裹出有棱有角的点心包，盖上一张红彤彤亮闪闪的招牌纸，再用纸绳捆扎得方方正正，就做成一件亮丽抢眼的点心包了。试想，顾客们去探亲访友时，提上这样一件赏心悦目的礼包，多么气派！更重要的是，这样的礼包提到哪里，"金协顺"字号就宣传到哪里。此外，新店开张，低价酬宾，把不少买节礼的顾客吸引了过来。薄利多销的战略抢占了商机，可以说，"金协顺"字号取得了初战的胜利。

十一　家塾

金协顺果品店开张后,金家父子每晚待店铺关门、结清当日账目后,八点多钟就能回到家里。二爷和三爷见过母亲,就回房吃"小饭",歇息去了。而祖孙间的情分似乎更加深厚。每晚,金老太爷都会被三个孙儿围绕着迎进堂屋,他们争着抢着跟他讲这讲那。爷爷安坐下来后,总会挨个儿捧起孙儿们的小脑袋,亲吻他们的小额头。"小饭"端上桌后,爷爷也总要给每个孙儿先分一些,然后自己才享用。

这天晚上吃过"小饭",爷爷对依偎在膝头的小媛、小妮说:"你们这两个野马驹子也该戴上笼头了! 你们想念书吗?"小妮抢着答:"我早想念书了,学里人多,才好玩呢!"爷爷笑了,摸着她的头说:"傻妮子,学里可不是玩的地方。"哥哥说:"学里一点也不好玩。背不出书,先生就要打手心,可疼了!"爷爷对他说:"你书背得好,先生不就不打了吗?"又对侍立一旁的二儿媳说,"女孩子家不识字也不行。你看她们的三姑不识字,连信都不会写,能行吗?"二奶奶忙答:"爹讲得对,真该让她们念书了!"

第二天早饭后，三叔把她俩送进前院书房。看着她俩拜过孔圣人像，又拜过先生，三叔才走了。

先生是位花白胡子的瘦老头儿，一直板着面孔坐在前面书案旁。家塾里除了哥哥和大姑家的两个表哥外，还有二爷家的两个堂哥、一个堂姐。此时，所有的孩子都捧着书，各顾各地高声念着书，声音杂乱一片。

忽然，先生高喊两姐妹的学名："金玉英！金玉秀！"她俩忙走到先生的书案前，接过先生递来的书。小妮认识封面上的三个字，这是本《三字经》。先生叫她们打开第一页，跟着念。先生每念一句，用朱笔在书上点一下，共教了八句，接着又教了两遍。教完第三遍后，先生说："回去背熟了，明天我要问！"她们回到自己桌旁，同别人一样念起来，自己的声音也淹没在众人的声音里，除了自己，谁也不知道在念什么。

先生接着点了哥哥的名。大哥走到先生案前，将书递给先生，然后背转身来背书。小妮听不见哥哥背了些什么，但看得见哥哥紧张的面容。忽然先生抓起戒尺，要教训他。玉秀低下头不忍再看，她为哥哥难过。再抬起头时，只见哥哥眼含泪水，继续背书。先生又带着哥哥念一段新书，许久才允许他回到自己座位上。就这样，学生一个个被叫到先生身旁，背旧书、学新书。最后一个被叫上去的是堂姐。小妮想，看来学生中的重点是哥哥，先生第一个叫他上去背旧书，教他新书的时间也比别人长，对哥哥的要求，肯定也比别人严，自然，哥哥挨打也会多些。

先生悠闲地喝茶，掏出打火石点燃火绳，再用火绳点燃水烟筒吸烟。待吸足了烟后，他掐灭火绳，站起身来，缓缓踱出书房。听到先生脚步声远了，大姑家大表哥首先跳出来,跑到二爷家堂哥桌前,嬉笑着用拳头捅人家。堂哥哪里肯饶?马上给了对方一拳。接着几个男孩全都打闹起来,你推我打,我跑你追,一直打闹到院子里。堂姐则拉起小姐妹俩,到院子里踢毽子。小妮问堂姐:"先生去哪了?"堂姐说:"去后院茅厕了,还有一会儿才回来呢!"果然,又过了十多分钟,才传来先生沉重的脚步声。先生还没有露头,刹那间,院子里的孩子们已无影无踪。等先生回到书房,所有学生都在大声念书,似乎什么也不曾发生。

下午习字时,别人在练大楷或小楷,金玉英和金玉秀还在跟先生学握笔,练习写笔画呢。一个时辰的习字结束后,又开始念书背书,直到散学。晚饭后,还得念一个钟点,一天的学习才算完结。

第二天上学,先生最后才叫到她俩的名字。先让她们分别背诵昨天教的八句《三字经》,然后再教接下来的八句。到了第三天,先生考问旧书时,要从第一句一直背到第十六句。从此,每次考问旧书,都得从"人之初,性本善"开始,直背到新学的句子。就这样读家塾一个月后,玉英、玉秀已饱尝家塾的滋味。正如爷爷所说,给她俩"戴上笼头"了;也像哥哥所说,"一点也不好玩"。幸运的是,先生常打男学生,可是对她们三个女学生很宽容,她们还从来没挨过打。哥哥就可怜了,先生对他最严厉,体罚也最多。更糟糕的是,他越害怕就越紧张,越紧张就越出错,本来会背的往往也忘记了。所以每当哥哥背书时,玉秀比哥哥还紧张,总为他提心吊胆。

进入隆冬了,家塾从腊月初一起散馆,直到正月十六日才开馆。这一个半月的假期中,还有一年里最热闹的农历大年在等着孩子们。难得的一年一次散馆，孩子们个个欢呼雀跃。虽然先生规定，散馆期间每天要自己念书、背书，写大楷、小楷，开馆后要考问背书、检查习字，可是，被拘束了一年的孩子们好不容易盼来散馆，能不疯玩吗？连玉秀她们几个女孩子都想尽情地撒欢儿，何况男孩子呢！

十二　金家二奶奶

"百姓开门七件事,柴米油盐酱醋茶。"金家院里上上下下十八口人,吃饭当然也是最大的事。

自二奶奶从无锡回家后,厨房里的事又恢复了早先的分工。大奶奶拜佛,不沾荤腥。她分管夏天晒酱、秋天腌菜、四季蒸馍馍,安排磨面舂米,还管年节时烙糖饼、打年糕、包粽子、炸果子,等等。二奶奶分管一年四季的饭菜、汤肴。三奶奶病势沉重,早已什么都不管了。

乍一听二奶奶的事情不难,其实并非如此。平日的家常饭菜的确好安排,但逢年过节、老人过寿或家中遇事待客时,就会大不一样了。那时家中要大摆宴席,还得招待许多宾客,二奶奶的担子就会格外沉重。

二奶奶是个能干的人,先前就会做家乡宴席的各式冷盘热菜。在无锡的几年中,她和张干妈都学会了不少苏式菜肴的做法,甚至能做完整的海参宴。主管家中的宴席,她是心中有数的。但厨技归厨技,她肩负的责任要远大过厨技。二奶奶嫁到金家后不久,就发现公婆屋里的脸盆架上挂着一本厚厚的册子，公公还常常翻看这本册子。后来听人讲，那是本"礼搭子"，里面记着所有亲朋好友的生辰日期。二奶奶明白，公公常查看礼搭子，一定是怕错过了哪位亲友的寿诞，造成失礼。公爹如此注重人际交往中的礼仪，宴请又是待客中的"重头戏"，她越发感到自己肩上担子的沉重。

进入深秋，公婆的寿辰临近了。公公的寿辰是十一月初五，婆婆的寿辰是十月初十。两位老人的寿诞日只差二十五天，二奶奶得通盘谋划。

十月初九清晨，二奶奶找人来家杀了一头猪，买来鸡鸭鱼、海味和时令蔬菜，又请来做酒席的几名厨子，开始筹备婆婆的寿宴。

寿州的习俗与别处略有不同，寿诞日的前一天晚上，就有亲朋好友来家祝贺，谓之"暖寿"。当晚，二奶奶在厅屋和堂屋同时摆暖寿筵席。按寿宴习俗，每桌九碟佳肴美味，还有鸡汤寿面和盖红"寿"字的寿馍。寿酒自然要备足，还必须是好酒才行。第二天是寿诞的正日子，大门口、院子里张灯结彩，堂屋里、厅屋内寿烛高照，寿联、寿幛高悬。按规矩，早晨和晚上招待男客，中午招待女客。从早上起，拜寿的男客开始登门。二奶奶带领厨房的人忙碌起来，将精心制作的酒席一拨拨地摆上酒桌。这一天里，二奶奶从早到晚几乎没有停歇过。所幸没出纰漏，一切总算是周到、圆满了。

老太太寿辰过后，还剩下半头猪。二奶奶吩咐伙计们把这扇猪放进筐里，吊到井中冷藏起来。当二十四天过去后，二奶奶又让人从井里取出了那扇猪。接着按照老太太寿宴的规格，给老太爷做了大寿。这两场寿宴办得既丰盛又节俭，既美味又体面，家中无人不称赞二奶奶能干。

公公寿诞日的晚上，最后一拨宾客要离开了，当老太爷喊了一声"送客"，霎时间大门外鞭炮声响起来。家人们照老规矩送客，每隔几步一个人地直排到了大门外，向宾客们一一作揖、致谢。当客人全都走后，老太爷仍意犹未尽。趁着酒后余兴，他高高兴兴地向家人们诉起衷肠来。老人首先讲："今年家诚一家从无锡回来了，家珠也回到娘家，让我很高兴！儿女们能够齐聚一堂，给我做寿，这是多年来没有的事。所以今年的寿诞，我过得比哪年都高兴！"接着又讲，"俺家的店铺建成开张了，生意还不错。开店是我多年来的心愿，现在办成了，不光是我高兴，俺们全家人谁能不高兴？今年俺们家真可以说是双喜临门了！"又说，"再有一个来月就是农历新年了，俺们家要好好庆贺这难得的双喜临门，过一个团团圆圆、热热闹闹的新年！"老太爷的一席话，说得全家人兴致高涨，都盼望着这个欢乐的团圆年快些来临。

二奶奶听了，却暗自感到自己肩上的担子更加沉重了！两位老人做寿，虽然客人多，事情也不少，但前后也只忙两天，并不难办。两个寿日收到的寿幛、寿联、寿礼、寿酒不少，收存起来就是了；收到的寿面和寿桃状的花馍足足有几筐篮，由厨娘装进大缸备用，还省了近日里不少事。可是过年就完全不一样了！二奶奶不由得盘算起来。自家人上上下下十八口，加上三姐家珠和她的丫头倩儿，就是二十口。今年开了店，店里的十三人，从大年三十到正月十五，半个月里都要吃家中的酒席。还有一宗，大年下里，亲朋们你来我往，互吃年酒是常礼。粗略估算，大约得准备一百桌酒席。二奶奶想，这可是一年中最难应对的大事，必须及早谋划，尽早着手。

　　老太爷的大寿才过去十多天,后院里就吵吵嚷嚷地忙碌起来。二奶奶招来帮工,把厨房后面扣着的十多口一人多深的大缸翻过来,洗刷得干干净净,搬进了当院。接着杀了一头猪,洗净切块,放进大缸里腌腊肉。然后从早到晚剁肉馅、洗大肠、灌制香肠。忙了三天,那头猪总算全腌好了。接着又买来鸡鸭鹅鱼,开始杀鸡杀鸭,宰鹅剖鱼,也全都腌起来。院子里的人又忙碌了两三天,终于分门别类地腌制了成缸的禽肉鱼肉。又过了几天,后院里搭满了竹架,大家将已经腌好的香肠、腊肉以及其他腌制品陆陆续续地从大缸里拿出来,挂到竹架上晾晒。虽然腌制腊味的大事基本完成,可二奶奶的心并不踏实。每天黄昏,她要查看腌制的食品是否收回大缸里并且盖严实了;每天清晨,她又要督促用人们把缸里的腌制品取出来晾晒。她怕万一有个闪失,将很难补救。

　　接下来,二奶奶制定了大、中、小三种宴席的菜谱,以便应对不同场合的需要,然后又大量采购所需的食材。不少食材是经老太爷之手,从自家店里调拨过来的。这是件细致的事,宁多不能少,更不能遗缺。

　　对年前的大扫除,寿州人流传着这样的俗语:“要得发,扫十八;要得有,扫十九。”意思是若想发财,就要在腊月十八或十九扫尘。虽然这俗语仅仅是一种祝福而已,可是寿州人还是遵照老规矩,都安排在这两天里扫尘。

　　腊月十八一大早,金家从外面找来了十多名帮工,由老太太亲自指挥,先从堂屋和厅屋开始扫尘。帮工们把屋内所有物品全部搬到院里,再清扫屋子。干娘、丫头们都在院里擦洗家具及什物。待屋内清扫干净了,再把家具、什物一件件归回屋里。全家人就这样整整忙了两天，才把所有屋子清扫完毕，大家都累得不轻。但人人心里都明白，最累最忙的人，还数二奶奶。二奶奶不仅要参与东小院自家屋的清扫，还要关照厨房里的清扫。为了不耽误这两天的三餐饭，她还要巧妙地安排、协调好做饭和扫尘的时间，必须做到"两不误"，能不累吗？

这两天小媛、小妮却玩得很开心，还都长了"本事"。她俩见干娘、丫头们用柴草灰拌稻壳子擦拭铜器，家里的铜香炉、铜烛台、各式铜器具，以及门、窗、箱、柜、桌案、抽屉上的铜包角、铜锁鼻、铜环、铜把手等，经过这样擦拭，顿时变得黄澄澄、亮闪闪了。她俩大感兴趣，忙问红喜，才知道这叫作"擦铜活"。于是她俩跟着大人们也干起"擦铜活"来。最后意犹未尽，她们又跑到厨房，把灶王爷神龛里的铜香炉、铜烛台也拿下来擦干净了，喜得张干妈夸个不停。

经过大扫除，屋里、院里处处干干净净。堂屋正中的八仙桌和两边的座椅、茶几全都换上了大红缎绣金花的新桌裙、新椅搭和新椅垫。顿时堂屋内外被映照得红彤彤一片，新年的喜庆气氛已经提前降临了！

腊月二十三灶王爷升天以后，厨房里进入了"忙年"的高峰。按习俗，家家过年的酒席，都要在年前制作为成品或半成品存放起来。过年吃的时候，只需要蒸一蒸、烩一烩、炒一炒或熘一熘，就能把热菜、热汤端上桌。下酒的凉菜更要提前做熟，到时切一切就能摆盘上桌。后院虽有大小两间厨房，此时仍不够用。二奶奶叫人在厨房边搭了棚，支起五六个锅腔子①备用。又现

——————

① 即破缸中糊泥巴做成的锅灶，一般烧柴草。

杀了一头猪，杀鸡宰鸭剖鱼地大干起来。二奶奶带领请来的几个厨师，煎炸蒸煮，从早到晚忙个不停。大奶奶另带一伙人，在小厨房里蒸馍馍、炸果子、打年糕。

　　年三十下午，年夜饭已基本就绪。二奶奶松了一口气，回房休息，准备更衣过年。走出厨房时她才发现，厨房门上贴了新春联。穿过后院到正院时，她又看见所有的门上都贴了新春联。二奶奶知道公公写得一手好字，家中过年的春联，一向都由公公题写。她叫来小媛、小妮询问，果然是她们的爷爷早早回家，题写了春联。小妮乘母亲更衣的空当，就主动给她念自家屋门上的春联："云想衣裳花想容，人思故乡叶归根。"二奶奶一听就明白意思了，笑着说好。又问堂屋的春联，小媛忙背道："多福多寿多子女，益兄益弟益家庭。"小妮又抢着告诉娘："厅屋门上的春联是'浑厚留有余地步，和平养无限天机'，大门上的春联是'和气一门生百福，平安二字值千金'。"二奶奶又笑了，说："你爷爷写的春联个个不赖！"小媛说："爷爷给每个门都写了，我们跟着贴了好久呢！"正说着，小妮的爹也回来换新衣了。二爷对二奶奶低声说："店里的人全来了，都在厅屋坐着呢！"而二奶奶则沉稳地回答："我都安排妥了，到时辰就开宴！"

　　金家全家人按时辰齐聚在正院天井里，三声炮响后在八仙桌前祭天地、拜祖宗，然后进堂屋入席。前厅屋、后堂屋在一阵鞭炮声中同时开宴。金老太爷和二爷、三爷先在厅屋里同店里人互相敬酒，然后到堂屋里和家人们喝团圆酒。宴席既丰盛又美味，席上贺喜声、敬酒声、欢笑声此起彼伏，喧闹成一片。在年三十的夜宴中，老太爷兴致颇高。他带领着两个儿子不时穿梭于厅屋和堂屋的几桌酒席间，一会儿敬酒、猜拳，一会儿高声谈笑。除夕夜里，金家的前院、正院里的欢笑声，如潮水似的一浪压倒一浪。此时寿州城里的爆竹声也越来越猛烈，前一阵爆竹声刚完，后一阵更激烈的爆竹声就炸响起来，似乎放爆竹的人摆开了擂台赛一般。此时，过年的欢乐气氛达到了高潮！

年夜饭过后，大人们在厅屋、堂屋摆开了几张牌桌。这场牌局起码要摆到接年后的下半夜，甚至会打个通宵。这时玉琳三兄妹在小顺子的带领下，去大街上放鞭炮、赏花炮。而二奶奶则悄悄回自己屋稍事休息，又换上平日的旧衣裤，返回厨房，领着用人们包饺子去了。年三十晚上包饺子可是件大事，要够三十多口人从年三十夜吃到年初一早晨。老太爷和老太太牙不好，二奶奶要亲手给他们调制馅料；大奶奶吃素，也得单独做馅。

小媛、小妮放完了炮，到处找娘，直找到了厨房里。小姐妹俩吹牛，要守岁到天亮。可是还没等到半夜接年的时辰，她俩都在厨房里睡着了，既没有等到接年时给长辈们磕头拜年，当夜也没有拿到压岁钱。俩人一觉醒来，已是大年初一早上了。

初一下午开始，金老太爷的几个亲弟弟及侄辈们，还有本家亲属们陆续登门给老太爷、老太太拜年。平日里老兄弟们见面不多，现在趁拜年喝酒，大家尽情谈笑，尽兴畅饮。初二是出嫁的女儿带着女婿、外孙们回娘家拜年的日子。家珍一家来了，几位健在的姑奶奶家都派人来了，家诚的堂姐妹们也带着孩子来了。家中客来客往，好不热闹，酒席自然也要从早摆到晚。初三这天，老太爷、老太太的亲戚故旧、家诚家宁的众多朋友及生意伙伴纷纷登门拜年。主人们不时地留客人们喝年酒，厨房里一时也不能停歇。客人多，孩子也多，小媛、小妮玩得很高兴。可是她们哪里知道，自己的娘担着多重的担子呀！

寿县的财神日是大年初四。初四早晨，商铺全都参拜财神，接着生意开张。金老太爷父子三人只休息了三天，初四开始又投入生意之中。从初四到十五，每餐的酒席全从家里送到店里。登门拜年的亲友仍络绎不绝。白天老太太常留女客吃酒，而夜晚老太爷常请商会里的朋友或生意合作中的要员来家喝酒，二奶奶的担子仍旧不轻。这场忙年，陆陆续续直到正月十五元宵节，才终归结束。

元宵节过后，二奶奶如释重负地放松下来，家中生活也恢复了常态。这天，在无意之中，张干妈忽然发现二奶奶怀有身孕，而且月份不小了。她大吃一惊，忙问有几个月了，二奶奶却若无其事地答："快五个月了。"张干妈心疼极了，一个劲地抱怨："你早该讲出来，挺着个大肚子还在忙年！不心疼自己，也得心疼肚里的孩子呀！"很快，所有的人都知道二奶奶有喜的事了。全家上上下下，无人不佩服二奶奶，都说她怀着四五个月的身孕，能把半个月的大年酒席整饬得有条不紊、处处得当，实在不易呀！

金老太太知道二儿媳有喜，心中着实高兴。可三姐家珠听了，却暗生嫉妒之心。她一向羡慕二弟媳的命比自己好，有儿有女，又有个情投意合的好丈夫。现在二弟媳又有喜了，若生个儿子，真要比自己强十倍了。家珠心中不服:"老天爷怎么处处都向着她呢?"

春天来了,到处桃红柳绿。这天下午,家塾先生有事不来了,叫学生们自己背书、习字。孩子们听说后,都暗自高兴。午饭后他们先乖乖地习字,不久就一个个溜出了书房,拿着风筝往巷子后面跑。不一会儿,各式各样的五彩风筝飞上了天,有大鹏鸟、老鹰,还有大雁。每只风筝都拖着长长的尾巴随风飘舞,好看极了。小媛、小妮马上回屋,取来了三叔给她们扎的蝴蝶风筝,三个女孩也放起来。虽然她们的风筝没男孩子的飞得高,但姐妹们已经很知足了。玩了一会儿,堂姐要回家,她们也回家了。

进了东小院,见母亲不在屋,她们就去找娘。堂屋没人,但旁边奶奶的屋门虚掩着,里面传出母亲低低的讲话声。小媛高兴地推开门大声说:"奶奶,俺们散学了!"话刚出口,屋里的情景把两个孩子吓傻了。只见娘挺着大肚子,跪在奶奶面前。坐在旁边的三姑,正恶狠狠地瞪着娘。两个孩子顿时大哭起来。奶奶这才高声喊她的丫头春桃。春桃进屋,帮着她俩把娘搀扶了起来。奶奶板着脸对两个孙女说:"不兴哭!小孩子家不许问大人的事!扶你娘回去吧!"

几天过去了,三姑那凶狠的眼神还在小妮眼前晃动。小妮想不通,从来和善待人的娘,怎么会得罪了三姑?娘又为了什么事,要给奶奶和三姑下跪、赔不是呢?姐妹俩猜想,一定是三姑仗着爷爷奶奶疼爱她,故意欺负自己的娘。从此以后,小姐妹俩再也不愿意搭理三姑了。

十三　新安武军兵变

　　民国十年(1921年)农历五月初十凌晨,金二奶奶出现了临盆迹象。天刚亮,家诚连忙叫人请来了稳婆。金老太太得知后,忙跪在佛前的蒲团上,向佛祖和四方神灵祈求保佑母子平安。正午时,丫头来报,说二奶奶顺利生下了一个小少爷。听说生了个孙儿,金老太太顿时眉开眼笑,又去菩萨面前连连磕头。她多年来就盼着能再得个孙儿,今天终于如愿了! 她一面笑嘻嘻地唤家珠同去看产妇,一面差人再去催奶妈快点来。

　　午饭后得到喜讯的金老太爷也赶回来了。二爷忙将婴儿抱到堂屋,给自己的父亲瞧,老太爷乐得合不拢嘴。玉琳和妹妹们也挤着看小弟弟,舍不得离开。家诚请父亲给孩子起名,金老太爷想了又想说:"叫玉华吧! 小名就叫小全,祝他福寿双全。怎么样?"家诚忙答:"好! 这名字起得好!"

　　张干妈给二奶奶送饭时,见婴儿长得像极了三小姐带弟。她马上认定了这孩子就是带弟转世投胎来的,不由得眼中湿润了。带弟是二奶奶在无锡生的三女儿,还不满一岁就夭折了。此时张干妈绝口不提带弟,只是含笑地连声夸赞,说小全长得既周正又健壮!

谁也没料到的是,小全出生还不到半个月,寿县城里竟发生了一场兵变!

农历五月二十四日凌晨一点多,金老太爷被一片嘈杂声吵醒。再细听,从街上传来叫骂声、乒乒乓乓的砸东西声,时不时还有几声枪响。他知道不好了,一定是出大事了,忙穿好衣服走进院里。正在仔细听街上的动静,忽然大门被急切地拍响。老太爷听出是店里伙计,忙示意门房打开大门。那伙计一见金老太爷就急忙说:"老太爷,不好了,新安武军抢城了!"

家诚已被吵醒,边穿衣服边跑过来,急问:"俺家店怎么样了?"伙计答:"我出来时,兵还没过来。现在就不知道了。"又对老太爷说,"领班让俺们把东西往地窖里搬,再用箱柜压住窖口。"老太爷说:"暂时也只能这样了!"又对家诚说:"幸亏俺们从来不在店里放钱。这些兵就是来抢钱的!"说着话,金老太爷就要去店里瞧瞧!家诚忙拦住说:"那些兵进了店,谁也拦不住。您老人家去了有什么用?还是在家等消息吧。我去店里瞧瞧。"说着就和伙计出门了。金老太爷忙追上去嘱咐:"东西保不住就算了,可是人千万别出事!"家诚答应着走远了。

家诚和伙计两人不敢走大街,他们从西大寺巷拐进过驿巷,又经过棋盘街转入南大街,弯着腰跑进了自家店。家诚对店里伙计说:"大家不要慌,兵来了就是抢钱、抢东西。俺们保命舍财,货就由他们搬吧!"正说着,望风的伙计悄声说:"他们过来了!"接着就是枪托砸门声,家诚让开门。五六个兵闯进来了！他们抓起点心就连吃带拿，见到稍值钱的东西就用口袋装，看不上的就用枪托砸……这些人翻箱倒柜，到处乱搜乱翻。从店里到后院，足足折腾了个把钟点，才骂骂咧咧地走了。一会儿又进来一伙兵，重新翻找一遍。最后凡店里摆的货，全被抢了，能值点钱的东西，一件不剩。

下午，十字街口突然冒起黑烟，大股浓烟裹挟着火苗直往上蹿。黑烟里，还有火团不住地往下掉，空气中弥漫着一股焦煳味。听伙计说，十字街口的店全被抢了，现在还有十几家店被放火烧呢！家诚忙上楼向十字街口张望，忧心忡忡地想："不知四叔家的店现在怎样了？"

这场兵变又持续了两天一夜才平息下来。县城里的商户损失惨重。这两天，金老太爷想了很多。在这个世道里做生意真难！首先捐税太多，有人粗略算过，捐税的名目竟多达三十八种！捐税的名称五花八门、无奇不有，譬如酒席捐、烟枪捐、菜园捐、防赤捐、门牌捐、电话捐，等等，真是让人莫名其妙！其次是欠债人太多，如商友借贷不还，主顾长时间赊账，等等。再加上兵变、抢劫，叫做生意的人可怎么活？话是这样讲，若不做生意的话，岂不更难？

城里已经传开，这次抢城是驻寿县的新安武军九营、十二营所为。新安武军是张勋复辟失败后，由他的"辫子军"改编而成的军队。这支军队历来军纪败坏。寿县人不会忘记，早在民国六年（1917 年），这支"辫子军"就在寿县乡里抢收农民庄稼，敲诈勒索商户，犯下了累累罪行。自从殷恭先接任安徽省皖北镇守使以来，他率领的新安武军几个营驻扎在寿县城，已经干下了数不清的坏事。现在竟然在光天化日之下抢城、烧店，与土匪有何区别？

与此同时，其他议论也在四处传播。许多人讲："兵变是因为军饷不继，士兵因饥饿难耐而被逼的。"又有人说："现在直系军阀打败了皖系军阀，属于皖系的新安武军被拖欠军饷，有什么稀奇？"还有人说："现在这个世道，克扣军饷、中饱私囊是寻常事。官越大，克扣的军饷越多。最终遭殃的还不是老百姓？"更有胆大的人甚至说："说不定克扣军饷的就是殷恭先本人，还有他的顶头上司们。祸首就是这伙当官的！"一时间，各种议论沸沸扬扬。很多人都把矛头指向了掌握着军权的大官们。但议论归议论，商家的损失怎么办呢？

这次严重的抢城事件后，全城民众愤怒不已。在绅商士民的强烈要求下，殷恭先严惩了抢劫犯。他下令处决了排长一名、士兵数名，又将参加抢劫的士兵全部遣散。虽然殷恭先答应赔偿商户损失，可是何时兑现、能赔多少，只能等着瞧了！

事过一个月后，金协顺果品店才开门营业。那些损失更大的店，可能半年也难开门。家诚四叔家的同庆康绸缎庄，就属于这样的店。十字街口被烧的那十几家店，其中受损失最大的，像"庆丰""德泰""石达生"等老字号，都有三十多年店史了，这次几乎损失殆尽。这些店何时能再开门，又有谁能知道呢？

过了小暑，梅雨天结束了，金老太爷收到天津薛亲家的来信。信中说，近日有亲戚回寿县办事，他已拜托这位亲戚，回天津时把家珠接回去。金老太爷虽然不舍，但家珠毕竟已是薛家人了。婆家要接，娘家哪能阻拦？再说，新安武军抢城的事，薛家可能已经知道了。人家对儿媳妇不放心，要接走，也在情理之中。于是金老太爷只得安排人帮着打点，准备送家珠回天津。家珠心里不愿走，但也无奈。最终，她还是跟着婆家亲戚回天津了。

十四　金二爷患病和烧板凳香

金家诚返乡帮老父亲开店已有一年多了。这一年多中所经历的事情，比他先前三十多年经历过的事情还要多。在此之前，他对经商一无所知，所以一切都得从头学起，还要边学边干。他又是个孝子，总想减少老父亲的操劳，所以遇事总是多花心思，多出力气，事事总要想在前、做在前。遇到紧急或难办的事情，他都主动承担。一年下来，他觉得自己的精力大不如前，总觉得很累。店铺开张后不久，亲友们都说他累瘦了，劝他保重身体。可是怎么保重呢？事情放在面前，总不能不管吧？

到了民国十年秋天，家诚总觉得浑身没劲，提不起精神。进入初冬，他发现自己每天下午都要发低烧，夜里盗汗，睡不好觉。他先找城里有名的老中医把脉，这位老中医说他肺热阴虚，嘱咐他不可劳累，要好好静养。他又找洋医生瞧病，洋大夫的话着实让他吃了一惊。洋医生说他得的是肺结核病，也就是"痨病"。这还得了？在当时，这是十病九死、无药可治的病症呀！

家诚得了痨病，震惊了全家。金老太太冲着丈夫不依不饶，认定二儿子的病是老头子非要开店累出来的。爱子家诚病倒了，金老太爷心中的痛苦其实一点不比老伴少。思前想后，家人的健康、平安比什么都要紧。他已经后悔叫家诚回家做生意了，只是说不出口而已。

老两口商量决定，让张干妈带着小媛、小妮住到堂屋楼上的空屋里。由李干妈带着小全住在下堂屋里。这样，东小院就成为家诚静心养病的处所，由二儿媳在那里专心陪护二儿子治病。对于公婆的安排，二奶奶心中非常感激。听洋医生说，痨病是传染病，孩子们不能和病人住在一起。公婆的安排，保护了孩子们，又给家诚一个安静的休养环境。唯一让二奶奶放心不下的是小全，孩子才六个月，离开娘太早了。但婆母说了，李干妈由她管，小全的一切都交给她。二奶奶无奈地想，眼下也只能这样了！

接下来的整个冬天里，二奶奶按照医生的嘱咐精心地看护、照料丈夫。白天她煎药递药，送汤送饭，时刻不离左右；夜晚她守在丈夫身边，稍有动静，马上就到床前。可以说，一个冬天里她衣不解带，从没睡过个囫囵觉。尽管如此，开春后丈夫的病也没好转。天气转暖后，反而增添了咳痰、气短的症状。眼看着家诚日渐瘦弱的身躯，二奶奶不免心中着急，常背着丈夫以泪洗面。

二奶奶的弟弟永庆常来看望五姐夫。尽管照相馆生意很忙，但每个月他都会抽空来看一两趟。这天晚上，永庆和他母亲一起来探望家诚，还送来一包燕窝。送他们出门时，当着亲人的面，二奶奶终于忍不住了，泪水奔涌而下。她娘抱住她也泪流不止。永庆虽然在劝慰着她们，不知不觉中两眼也含泪了。又怕时间长了让家诚着急，二奶奶只得强迫自己收泪回房。

二奶奶十八岁时嫁到金家,丈夫比她还小两岁。家诚是个忠厚、淳朴的人,夫妻俩情投意合,十分恩爱。现在她无法想象,假如痨病夺走了丈夫,她还怎么活下去?她想,已经按医生的方法治了近半年,病情并没有好转,怎么办呢?看来只能再试试老辈人传下来的法子了!那就是祈求神仙显灵,给丈夫降福治病。经过一段时间的反复思量,她决心去四顶山奶奶庙求拜神灵。

寿县城北约八里处有八公山的主峰四顶山。四顶山上有座碧霞元君庙,供奉着泰山神妃,所以此庙又称东岳祠或泰山奶奶庙。信徒们认为四顶山奶奶乐善好施、济贫扶弱,总能为民间的家庭幸福显灵。凡求子嗣、求福、求无病无灾的信徒前来进香,无不遂愿,所以该庙名声远扬,香火不断。又传说农历三月十五日是泰山奶奶的寿辰,自明朝以来,方圆百里的信众都在这天来奶奶庙顶礼膜拜。甚至邻近几省的信徒也纷纷拥来,因此形成了三月十五日庙会。每逢四顶山庙会时,朝山进香者蜿蜒似长龙,山路都被人群堵塞。山顶的奶奶庙前,万头攒动,商贩云集,锣鼓喧天。

依照皖中地区的习俗,凡祈求神灵保佑者,可以采用三种方式表达对神灵的崇敬和虔诚。第一种方式是在庙里进香跪拜。这种方式是香客们普遍采用的方式,也是最常见的求拜方式。第二种方式叫作烧板凳香。对于要向神灵祈求重大心愿的求拜者,必须烧板凳香,才足以表达他的虔诚。烧板凳香时,要将香炉固定在一只翻扣过来的小板凳里。香炉里点着香,膜拜者双手端着板凳,边走边跪拜,从山下一直跪拜到山顶的庙里。而且凡烧板凳香者,必须连续求拜神灵三年:第一年,求拜者每走一步跪拜磕头一次;第二年,每走两步跪拜磕头一次;第三年,每走三步跪拜磕头一次。以这种方式拜神,求拜者非常辛劳,因此并不常见。第三种求拜方式叫作烧肉香。烧肉香者,无异于给自己施酷刑来感动神灵。求拜者将针穿透自己手腕,针上穿线悬挂香炉,边走边跪拜。一路上鲜血淋漓,情景凄惨恐怖。这种血淋淋的求拜方式,不仅求拜者痛苦异常,也会使旁观者心惊胆战。所以除非有极其重大的事情要祈求神灵,否则极少被采用。

为避开庙会时的人流高峰,二奶奶决定农历三月初十去四顶山朝拜。三月初六晚,二奶奶向公婆禀告,自己要去四顶山烧板凳香,求拜泰山奶奶为家诚降福。公婆听后大吃一惊,接着被感动得老泪纵横。老两口没料到,二儿媳对家诚的情意竟如此深厚!要知道,烧板凳香可是件异乎寻常的辛苦事。若没有重大的事情去求神,谁能下得了这么大的决心,甘心情愿去吃这么大的苦呢?再说,求助神灵保佑,哪有不允的道理?公婆马上安排,由小顺子陪二奶奶去朝山,家诚就由张干妈带着红喜丫头服侍一两日。

很快,全家人都惊闻二奶奶要烧板凳香的事了,只瞒着家诚一人。众人都敬佩二奶奶的坚强和胆量,又都夸赞二奶奶对丈夫的一片真情。

从三月初七到初九,二奶奶斋戒了三日。为了不引起丈夫的怀疑,初十清早,二奶奶柔声地告诉丈夫,自己的娘病了,要回娘家瞧瞧,暂由用人替她一两天。然后她去后院做出发前的准备。她从膝盖到脚脖子套了一个棉护套,又戴了帽子和一双厚手套。小顺子背了一个竹篓,放着装茶水的葫芦、干粮、供品、香烛,还有安放着香炉的小凳。金老太太和家人们把他们送出巷口，看着他俩坐着马车走了。

马车出了北门，往北走了四里多路，到了山下的阎王殿。这阎王殿是信众上山拜神的第一站，朝山人由此开始焚香。二奶奶进殿拜了阎王，然后捧起焚香的小板凳开始朝山。她每走一步，跪拜一次，沿着山路向山上缓慢挪动。迈步、跪下、磕头、起立；再迈步、跪下、磕头、起立……这一连串看似简单的动作，其实十分耗费体力。平心而论，烧板凳香者不停地跪下再站起，每登山一步所付出的艰辛，至少是普通登山者的三到四倍。二奶奶频繁地重复着迈步、跪拜、起立的动作，向山上爬了十七八步后，已经感到累了。小顺子见状，忙小声提醒二奶奶歇歇。二奶奶没作声，默默地又坚持往前挪了三四步才歇了。望着盘旋向上的崎岖山路，二奶奶心中毫不畏惧。她把爬山的艰辛，看作换得丈夫病愈理所应当的付出。她觉得再累也值！

再开始跪拜时，她一心想着尽量多跪拜几步再歇。可是心有余而力不足，当她爬了十多步后，就感到腿脚酸软，实在无力再爬了，只得又歇歇。此后她越来越力不从心，越爬越累，也越爬越慢，只觉得腰背、腿脚处处酸痛。每两次休息之间能爬山的步数也不断减少。后来甚至每次歇息的时间比爬山跪拜的时间还要长，才能再次恢复体力。再后来，她每次跪拜五六步，就已浑身酸痛无力，只能歇歇了。就这样，花费了两个多小时，她才爬完了这段近两里长的山路，抵达了朝山的第二站——南天门。

小顺子见二奶奶满头满脸都是汗，不停地喘着粗气，忙扶着二奶奶在路旁大石头上坐下，待她气息平缓后，给她递上茶水。此情此景让小顺子暗自为二奶奶发愁,前面的山路还有一多半呢,这样的体力可怎么往上爬呀? 其实小顺子只觉得二奶奶身体弱,哪里明白其中的缘由? 按理说,二奶奶才三十三岁,正是身强体壮的年龄。可是她生了小全还不到一年,身体并未完全复原。近半年来,又没日没夜地服侍生病的丈夫,这使她的身体远远比不得以往了。再说,爬山要靠腿脚。虽然她的脚裹得晚,到无锡后又放了足,现在是个半大脚了,可是走这么远的山路,还要一步一跪拜,就是天足也会吃不消,更何况她是双半大脚呢?

休息了约一个小时后,二奶奶身上的汗落了,腿脚似乎重新有了力量。凭着坚定的意志,她忍受着腰背和腿脚的酸痛,继续跪拜前行。从南天门向上是一段盘山道,共有九道弯,每道弯有九个石头台阶,总共九九八十一级台阶。这段路比前一段山路更难爬。石头台阶只有普通人一只脚那么宽,台阶又不平,下跪难,磕头更难。为保持身体平衡,二奶奶只能在小顺子的帮扶下完成每一次下跪和磕头。

山上的香客多起来了。看见烧板凳香的二奶奶,都露出惊异的目光,纷纷为二奶奶让路。爬这些石阶很吃力,二奶奶歇息的次数也比前一段更频繁。正在此时,二奶奶身后赶上来一个烧板凳香的青年。这人长得牛高马大,他的一步要顶二奶奶的两步。只见他三步两步就拜到二奶奶前面去了。见此情景,小顺子忙将二奶奶搀到路边歇息,劝二奶奶不要着急。其实二奶奶绝不会因为自己爬得慢而气馁,她担心的仅仅是自己的体力。每次休息后,二奶奶都要咬紧牙关,忍受着浑身愈来愈严重的酸痛,一步一跪拜地慢慢前进。此时二奶奶横下了一条心,认准了一个理——山再高、路再长,爬一步就会少一步,总能爬到顶! 每当歇了一阵后,略微恢复了一点体力,二奶奶就凭借顽强的意志,再次挣扎着向上攀登。此时,她每跪下、磕头、再起立一次,都要狠下心来克服浑身的酸痛、拼尽了浑身的力量才能完成。在她的艰辛努力下,又花了好几个小时,终于爬完了这八十一级台阶。这中间共歇了多少回,已经是谁也数不清了!

已是下午两点多钟,二奶奶只觉得上气不接下气,浑身的骨头架都散了,全身上下处处酸痛。歇息了一阵后,她喝了几口茶水,却什么也不想吃。在小顺子的一再劝说下,她才勉强吃了几口干粮。又歇了一个多小时,似乎缓过劲来,她才下定决心再出发。

此时面前的,是最后一段约一里长的盘山路。这段路比前两段路都短,也比前两段路好爬。但是对于精疲力尽的二奶奶来说,此时的每一次跪拜变得更加艰难。在小顺子的帮助下,二奶奶挣扎着继续前行。她的每一次起立和跪下,都必须要靠小顺子帮助才能完成。她拼尽全身力气,最多只能向前挪两三步。靠着顽强的意志和小顺子的帮助,她又花了两个小时,拼尽了最后的气力,总算跪拜到了奶奶庙的山门前。此时二奶奶已是头晕目眩、腿脚发颤、全身瘫软了。小顺子见二奶奶面色苍白、满头虚汗,身体摇晃着站立不住,立刻就慌了。他含泪把二奶奶搀到路边,让她靠着大树坐下。过了许久,二奶奶的面色才缓了过来,手腕上的脉搏也渐渐平稳。直到这时,小顺子悬着的心总算放下来了!

在二奶奶的坚持下,小顺子半搀半拽地把她扶进了山门。她又拼命继续着一步一跪拜,终于趔趄着迈进了殿门,扑倒在泰山奶奶的神座前。二奶奶热泪奔流,声音嘶哑地号哭起来,久久都收不住。许久后,小顺子搀扶着她站起来,由她亲手献上供品,接着她在泰山奶奶神座前,至诚至敬地施三跪九叩大礼。然后二奶奶久久地趴在拜垫上不动,口中喃喃不停地祈祷。最后小顺子也叩拜了神位,两人才退到殿外。

在夕阳的余晖中,小顺子搀扶着二奶奶缓缓迈出了山门。在山门前叫了一顶小轿,抬着二奶奶下山了。

烧过板凳香后,二奶奶的全部心愿都寄托在了泰山奶奶的神力上。她时时期盼着神仙显灵,让丈夫的病情好转。但她也明白,自己能做的只有这么多,至于灵验不灵验,只能听天由命了!

十五　丰备仓小学

民国十年时,寿县名士吴伯安早已不是卧佛寺小学的校长了。此时他是县教育局委员并任县督学,仍然从事教育系统的管理工作。

此时,寿县城里的小学教育已初具规模。就在这年年初,由真武庙改建而成的县立第八小学也建成开学了。但新问题又出现了:民国倡导女童读书,但寿县没有县立女子小学。此时城里民众要求建立女子小学的呼声很高。在民众的强烈要求下,县公署决定将北大街上的丰备仓改建成一所女子小学。同时,县知事任命吴伯安先生担任这所学校的首任校长,负责筹建工作。

这座丰备仓是清朝时寿州逢丰年储备粮食,遇灾年开仓放粮、救济灾民的粮仓。民国建立后,寿春镇不再是州府所在地,丰备仓也多年闲置不用了。这所粮仓的最大优点是位置好,它处于北大街靠近十字街口的地方,正在县城中心。其次是这座粮仓占地很大,改建成小学绰绰有余。

吴校长上任后,立即投身学校的筹建中。民国十年秋,县立丰备仓女子小学建成,正式招生了。这个消息在城里传开,民众纷纷送自家女孩入学。吴校长对学校各项工作严格管理,既抓教学质量,也抓品行教育。这所女子学校对学生施行德、智、体、美全面教育,收到了良好的效果,并广受家长好评。此后,这所学校在县城里声誉愈高。

县立丰备仓女子小学建立两年后,应民众强烈要求,县公署将它改制成一所男女生兼收的学校,校名改作县立丰备仓小学。这样一来,学校的潜力得到充分发挥。不久,学校分设初小部和高小部,成为一所县立完全小学。

寿县城里,谁不知道吴伯安先生是丰备仓小学尽职尽责的好校长呢?而他在家里,又是位督促儿子们刻苦读书的严父,这却是鲜为人知的。民国十二年(1923年)时,他的长子吴焕文在卧佛寺小学读高小六年级,次子吴焕辉在同校读初小二年级。伯安先生仍然像孩子们小时候读私塾时那样,严厉地督促他们学习。每天清晨,他去后院茅厕时,总会故意绕道从儿子们的窗下走过。他边走边咳嗽,还故意重重踏地,发出沉重的脚步声。寂静的清晨,这些声音格外响亮。儿子们的奶妈听见了,明白这些声音就是让孩子们起床读书的命令。她会马上点亮油灯,唤醒孩子们。当伯安先生从后院返回时,儿子们住房的窗户里已透出了灯光,传出稚嫩的读书声了。作为父亲,只要有空闲,他总会查看孩子们的作业,考问他们的功课。他还会耐心地给儿子们讲读书的意义,要求他们努力学习,长大后成为对国家有用的人才。

尊师重教、教育为本的思想在寿春世代传承，早已形成民风。不仅吴伯安这样的教育界人士重视子弟读书和受教育，像吴家的亲家——金老太爷那样的经商人家，也把儿孙们的读书和受教育当成大事去对待。

民国十一年（1922年）上半年，金老太爷二弟家的两个孙子和樊亲家的两个孙子，先后退出家塾进了公立小学。到了这年的年底，金家的长孙金玉琳也完成了私塾的学业，家塾里只剩下三个女孩子了。金老太爷一贯认为，女孩子只要识字就足够了，多读书没有用。所以，在农历大年前，他停掉了家塾。自此长孙金玉琳的上学问题，就成为金老太爷认真思考的一件大事。虽然他一直在为玉琳寻找合适的小学，但不是学校离家远，就是他对学校不够满意。到了这年的夏天，好消息传来，丰备仓小学改为男女生兼收的学校了！金老太爷当即决定，让孙子上这所学校。秋后开学时，金玉琳进入丰备仓小学，成为一名初小三年级学生。

两年前，小媛、小妮就知道丰备仓女子小学专门招收女生。住在前院的小琴，从小就是她们的玩伴，现在已在丰备仓小学读二年级了。当哥哥也进了丰备仓小学后，她们仗着一贯被爷爷宠爱，向爷爷撒娇，闹着也要去上学。谁知平日和蔼可亲的爷爷却变脸了，板起面孔教训她们："女孩子家，读那么多书做什么？好好在家待着，学学女孩子该学的事！"

爹病着，娘为了照料爹，连年幼的弟弟都顾不上管，哪还能管她俩的事？

不久，家里来了个叫顾云的男孩子。他是大妈娘家妹妹的孩子，因他父亲早亡，他母亲临终时，将他托付给大妈照管。经爷爷同意，顾云来到金家。令小媛、小妮心中不平的是，爷爷竟把这个与金家毫无血缘关系的男孩，也送进丰备仓小学读书了。哥哥与顾云天天一起上学,一起放学。后来两人又都穿上了童子军服,既威武又漂亮。他俩一起进进出出,这惹得姐妹俩眼馋得要命!

年幼的小媛、小妮还不懂得,中国几千年的封建社会一直有着男尊女卑的传统思想。更不知道,她们敬爱的爷爷,正是封建传统的顽固维护者。虽然已是民国十二年,尽管反封建、提倡民主和科学的五四运动已经过去了三四年,但是在金家,仍坚守着"长幼有序,男女有别"的传统秩序。家族聚会时,男人在前院厅屋,女人在正院堂屋,这是乱不得的。另外,"大伯子和弟媳妇间,不准讲话""姐夫和小姨子不准见面",这些都是不能违背的。凡金家妇女,绝不允许私自外出。即使家主允许出门,也必须有仆从跟随左右。在金家,连吃饭都是有规矩的。金老太爷夫妇和他们的儿子、女儿、孙子孙女们在堂屋吃饭,但儿媳妇们只能让丫头把饭菜端到各自屋里吃。全家人中,只有二奶奶是个例外。为了图省事,她常常等堂屋开饭后,就在厨房悄悄同干娘、丫头们一处吃了。

爷爷如此坚守老规矩,他怎能让孙女们"抛头露面"地去外面的学校读书呢?所以姐妹俩想上学,那几乎是没有指望的事!

十六　叶家老表

　　民国十一年的一天，让吴老太爷万万想不到的事情发生了。嫁到正阳关已经十多年的小女儿永芳，竟然带着患重病的丈夫和一双儿女投奔娘家来了！不用说，这件事惊动了整个吴家楼巷。

　　吴家人好几代以来，都是男儿多女儿少。所以，吴家往往把女儿看得比儿子还贵重。在男尊女卑的传统社会里，吴家颇有点与众不同。

　　吴老太爷生了两个儿子后，又生下女儿永芳，永芳从小在娇生惯养中长大。到了谈婚论嫁的年龄时，吴老太爷精挑细选，费尽周折，才为女儿选定了叶家。

　　叶家是正阳关有根基的老户人家。家里有田有房，还开着两间店铺。吴老太爷首先看中了正阳关这块宝地。谁不知道寿州的正阳关呢？这里自古就是淮河中游著名的商贸码头。从北面流来的颍河水和从南面流来的淠河水，都在正阳关汇入淮河。沿颍河运来的北货和沿淠河运来的南货，在正阳关汇集，再经淮河转运到全国各地。虽然寿春镇自古就是州府所在地，但也不及正阳关的名声和繁荣。吴老太爷确信，女儿嫁到正阳关，一辈子都会衣食无忧。其次，吴老太爷相中了未来的女婿是叶家独苗。女儿嫁过去，没有妯娌间的是非，也没有小姑子说长道短，只要侍奉好公婆，就能舒心度日。

宣统元年(1909年)，十七岁的永芳嫁到了叶家。但是永芳在叶家的生活，并不像她父亲预想的那么美好。

民国元年，津浦铁路通车了。这件事猛烈地撼动了千年商埠正阳关的地位。津浦铁路是贯通中国南北的交通大动脉。铁路运输快捷、运输量大，又安全、廉价，远远超过古老的水路运输。在短短几年中，火车取代了船运。正阳关迅速衰落，逐渐失去了昔日的繁荣。在此大趋势下，叶家店铺的生意当然也大不如前。

更加让人料想不到的是，永芳嫁过去才六年，正值壮年的公婆竟然先后染病，在两年内相继亡故了。永芳的丈夫在父母的娇惯中长大，此时他还没学会生意之道。结果，店铺的账房与伙计们相互勾结，合伙坑害东家。他们明里骗，暗里偷，几年时间，就把叶家祖传的两处店铺折腾得本钱赔尽，只好关张。

永芳的丈夫很早就学会了抽大烟和赌钱，但那时是背着父母偷着干。父母去世后，他就有恃无恐地抽起大烟、赌起钱来。永芳虽然常常规劝丈夫，但根本没用。早年时，买鸦片一两要用两块银圆，不久后涨到八块一两，再后来涨到二十二块一两。许多大烟鬼典房子卖地，甚至典妻卖子换大烟抽。最终家破人亡、流落街头的大烟鬼随处可见。永芳的丈夫同这些大烟鬼也差不多了，他毒瘾难戒，背着永芳常用田契换大烟。数年后田卖得差不多,大烟对身体的毒害也发作了。他得病了,而且逐渐加重,终于卧床不起了。为了维持一家四口的基本生活,也为了给丈夫治病,永芳只好继续卖田地。后来田地卖光了,她只得卖掉房产,拖着生病的丈夫和一双儿女回了娘家。

女儿家四口人投奔而来,吴老太爷将他们安顿在偏院住下。尽管是自己的女儿和女婿,但总是外姓人,外姓人长期居住在自家院子不合规矩。于是吴老太爷决定给女儿家另外盖房。

吴老太爷家的宅子对面有一处院落,那是他二儿子仲安的住宅。另外,还有一片菜园、水塘和小树林,属于他的田产。他就在那里划出一片地方,找来工匠盖房。两个多月后,新房建成并收拾停当,吴老太爷让女儿一家搬了过去。从此以后,叶家四口人的吃穿用度,全由吴家按时送去;女婿的看病吃药、外孙的上学读书,也全由吴家包了下来。

永芳回到娘家后,生活有了依靠,日子过得舒畅起来。

从此吴家楼巷的人提起叶家,都称"叶家老表";说起永芳来,都把她叫作"叶家老姑"。

十七　金二爷病逝

民国十二年的整个冬季里，二奶奶虽然极尽所能地照料病中的丈夫，但金二爷的病情还是进一步加重了。他不仅咳痰更加频繁，痰里带的血也愈来愈多了。无论谁来看望，都会暗暗吃惊。只见家诚眼窝深陷、面色萎黄、骨瘦如柴，已经完全找不出昔日的影子了！全家人心情都很沉重。特别是金老太爷，他内心的痛苦和内疚，更是别人无法体会的。

民国十三年(1924年)三月十五的庙会快要到了。虽然金二奶奶对泰山奶奶的神力已不抱什么希望了，但第三年的"板凳香"不能不去烧。对神灵许了连烧三年的香，那就绝不能违背！现在病人一时一刻也离不开二奶奶，只能由至亲的人去代烧。小媛近来病了，看来只得由八岁多的小妮去了。二奶奶找公婆商量，他们也只能无奈地答应了。

当奶奶问小妮能不能为了父亲的病，去烧第三年的"板凳香"时，懂事的小妮毫不犹豫地答应了。奶奶心疼得抱着小妮流下了眼泪。小妮反而安慰奶奶："奶奶你放心，为了俺爹的病能好，我爬也要爬到奶奶庙去！"

这天清早，小顺子背起竹篓，张干妈拉着小妮出门了。金老太一直送出大门，叮嘱了又叮嘱，亲眼看着他们上了马车。

整整一天里，金二奶奶和金老太的心时时都牵挂在小妮身上。直到太阳落山时，三个人终于回来了。张干妈和小顺子都直夸小妮有志气，再累再苦也咬着牙坚持到底。张干妈又说："俺和小顺子一人拉着小妮的一只胳臂，一路拽着她站起，再扶着她跪下。俺们歇得勤，累了就歇。最后，从奶奶庙出来，一走出山门，小顺子就背起小妮，直到山下坐马车的地方。"小妮虽然累得连话都不愿讲，但还是安慰奶奶和娘，直说自己不累。

近来二奶奶的心事比谁都重。她悲伤地想，三年的"板凳香"已经求拜过泰山奶奶了，能做的也全都做了。古话说"竭尽人事听天命"，现在就只能听从老天的安排了！

端午节过后，家诚的病情进一步恶化了。十来天了，他不时吐血，几乎水米不进。这天夜里，病情转危，病人时不时地大口吐血，直吐到天亮。天亮时，鲜血突然从口中涌出，直吐了有小半盆。接着病人进入弥留状态，晌午时分，家诚咽下了最后一口气。

金家诚这样一位刻苦、能干、勇于进取又充满活力的年轻人，就这样被可恶的痨病夺去了生命，年仅三十四周岁，怎能不令人惋惜，又怎能不令人悲伤呢？

此时，金家的亲人围在床前，哭声震天。二奶奶跪在床前脚踏子上，紧紧抓住丈夫的手，刚失声痛哭了两声，就晕死过去了。众人忙将她抬到隔壁屋去。从那时起,二奶奶就病倒了,连丈夫的丧事都没能参加。

白发人送黑发人是人世间最悲惨的事了! 金老太爷老两口刚痛哭了几声,家宁就忙叫人硬把他们搀扶出去了。但是丧事等不得,金老太爷强忍住心中的剧痛,指挥家宁料理后事。

办家诚丧事的几天里,心中的悲伤几乎把金老太爷压垮了。他失去的是最孝顺、最能干的儿子,这种损失是任何东西都无法弥补的。另外,他的悲伤中还包含着对小女儿家珠的痛惜。大约半个月前,金老太爷得到噩耗,家珠因难产大出血而亡。只因为那时家诚病情危重,他怕老伴受不了,就把家珠的死讯隐瞒了下来。金家无法派人去天津,只能任凭薛家料理了家珠的后事。

让金老太爷想不通的是,自己安分守己一辈子,从来不做伤天害理的事,为什么老天爷对他如此不公? 二十年前他失去了二十四岁的长子,如今又失去了刚到中年的爱子家诚和心爱的女儿家珠。老天爷一次又一次夺走他的爱子爱女,老天的公道又在哪里?

在三个儿子中,金老太太最疼爱家诚。当她正承受着失去家诚的巨大痛苦时,忽闻爱女家珠也殁了,老太太霎时就惊呆了。她大睁着一双茫然无措的眼睛,既不知道哭也不知道闹,也不会搭理人了。从此以后,原本精明的金老太太完全变了。她变得又呆又傻,无论对谁都是不理不睬,还总是喃喃自语,可是谁也听不懂她在说些什么。金老太爷怕老太太这种情形会出事,严令丫头春桃守在老太太身边,寸步不许离开。

此时的金家,既要办丧事,又要照管老太太,还要给二奶奶请医治病,简直乱成了一锅粥。最可悲的人是金老太爷。尽管他已经心痛如刀割了,还得强打精神,主持这桩"白发人送黑发人"的凄惨丧事。

十八　三姨和黄家澡堂

家诚刚病逝，二奶奶就病倒了。请郎中把脉诊治，郎中说是劳累过度，再加上心情长期忧郁，以致五脏失调、气血亏损。虽然用中药调理着，饮食滋补着，但两个月过去了，二奶奶仍是眩晕无力，下不了床。其实谁都明白，病根是她因丈夫的病逝过度悲伤。毕竟心病最难治呀！

二奶奶的娘常来金家看望她。她娘来时，大多由二奶奶的三姐陪着。每次亲娘和三姐来，都给二奶奶带来许多宽慰。她们的贴心劝慰、亲热话语，就像一股股暖流流进了二奶奶心底，使她的心灵创伤逐渐愈合。她听亲娘和三姐的劝告，渐渐把心思转到教养三个孩子上面。细细想来，她觉得对小儿子有亏欠。小全还不到半岁就被交给李干妈，现在都三岁了。确实应该好好照看小全了！再说，两个女儿也需要她的关爱呀！她努力挣脱苦海，身体终于逐渐康复了。

由于三姨常陪着姥姥来看望娘，小媛和小妮对三姨越来越熟了。问了娘，她俩才知道，虽然她们有四个姨妈，但大姨和四姨已经病故，二姨的婆家离城远,所以只有三姨能常来常往。

深秋的一天,娘带着他们姐弟三人第一次去三姨家,大家都很高兴。走进三姨家的大门,觉得她家的院子比自己家大多了。正院的堂屋也是座楼,但也比自己家的楼大。院里还有几棵参天大树,浓密的树荫盖满了整个院子。

三姨笑着迎出来,边同娘说话边拉着小全进了堂屋。落座后,三姨叫丫头端出红枣、花生给他们吃,又亲热地问长问短,还讲笑话,逗得三个孩子大笑了一阵儿。然后三姨要和娘单独讲话了,叫丫头翠儿带他们去花园玩。

姐弟三人跟着翠儿往后面走。进了后面院子,却不是后院,也不是花园。翠儿说:"俺家是前街通后街的五进大院,去花园还得过两重天井呢!"果然,又穿过了两进大院才到了花园。小妮觉得,三姨家虽然地方大、院子深,可是人不多,不免让人感到有些冷清。在花园里,姐弟三人四处跑、到处钻,玩得挺高兴。弟弟玩了一会儿,说累了,闹着要去找娘,翠儿带着他回前院去了。姐妹俩接着玩,直到口渴了才往回走。

姐妹俩返回最后一进院子时,发现有间北屋的门半掩着,挂道白门帘。此时院子里没人,她俩好奇地掀开门帘往里瞧。这一瞧,把姐妹俩吓坏了!原来,屋门正对着一个香案,而香案后停着两具漆黑发亮的棺材。她俩吓得转身就往前院跑,迎面撞见回来找她俩的翠儿。一见面,姐妹俩就上气不接下气地说:"后……后院……里……有棺材!"翠儿却笑了,说:"别怕,那都是停了三四年的棺了!"又说,"那是刘姨和大少爷的棺,有什么可怕的?"见她俩还是害怕的样子，翠儿说，"一会儿你们进了堂屋，可别乱钻！堂屋的布幔子后面，还停放着老家主的柏木旧棺呢！可别又吓坏了你们！"小姐妹一听，到了正院后，索性连堂屋都不进了，就在院子里喝水，然后边玩边等娘。小媛原本还打算从三姨家出去，到旁边的吴开照相馆看舅舅呢，现在也没心思再提这事了。

母亲和三姨的话终于讲完了。坐在回家的车上，她俩紧紧依偎着娘，对三姨家的那些棺材既害怕又好奇。回家后，她俩向母亲打问，才明白了三姨家的事。

三姨自幼定亲，十六岁时嫁到黄家，三姨父是黄家的独生子。公婆不幸早死，三姨就成了黄家的当家奶奶。黄家开的黄家澡堂，是寿县城里最大，也是最老的澡堂。除了澡堂生意外，黄家还拥有许多田产和房产，是寿县城里数得上的大富人家。

黄家虽然是个有钱的大户人家，但烦恼的事也不少。子嗣上的艰难，便是头一件不如意的事。三姨嫁到黄家后，过了五年多也没生育。于是三姨父纳了一房小妾，人们都叫她刘姨。谁知这位刘姨娘过门三年了，也没生养。求嗣心切的三姨父又收了一个丫头做偏房。可是过了几年，这个丫头还是没有生养。不幸的是，没过多久，才三十多岁的三姨父竟得急病死了。

三姨父一死，黄家既无后代，又无近支子侄。黄家族人的眼睛，全都盯在了黄家澡堂这份偌大的家业上。三姨父无子嗣，他的出殡发丧就成了难事。按寿县习俗，摔老盆与分家产紧密相关。俗话说："老盆一掼，家业一半"。意思是,谁抢到并摔碎了老盆,谁就能分得黄家澡堂一半的家业。如果出殡发丧,在起灵的关键时刻,族人们势必要争抢老盆、拦杠闹丧,那么,一场恶斗在所难免!为了避免这场可怕的争斗,更为了保住自己的家产,三姨决定暂不出殡。从此,她把三姨父的棺木停放在堂屋里,至今已有七八年了!

为了将来能有人给自己养老送终,三姨从黄家本族近支中认领了两个儿子。可是黄家族人坚决不承认他俩是黄家澡堂的继承人。不承认她领养的儿子也罢了,还总是逼她在黄家本族中另立子嗣,甚至逼她认的儿子,只比她小了两三岁。这些都被她苦想对策,巧妙地化解了。

不久,那个小妾刘姨娘病死了。接着,她领养的两个儿子中也有一个死了。按本地习俗,出殡时必须"新棺领旧棺"。就是说,旧棺没有出殡安葬,新棺也不能出葬。所以,好几年过去了,三具棺材一直停放在家中。

娘又说,三姨虽然是有钱人家的当家奶奶,但她没有享受过生儿育女的天伦之乐。因此她日夜念佛,苦修来世。她相信生命轮回,相信今生行善积德,来世必有善报。面对庙里的菩萨,她许下宏愿,每年冬天要给穷人施舍二十套棉衣裤,以求得来世的善报。每年寒冬的雪夜,她都会带着伙计、丫头们去街上施舍,见到无家可归、露宿街头的穷人,就把棉袄棉裤盖在他们身上。

小媛、小妮从母亲那儿知道了三姨家的这些事情后,对三姨十分敬佩。三姨是个孤身的女流,却敢跟黄家那群男人斗智斗勇,真了不起!三姨爱他们,总像一盆火似的温暖着他们姐弟仨。他们也更爱自己的三姨了!

后来,三姨家的这三具棺材又在家里放了十多年。直到抗战时,趁着鬼子逼近寿县城,黄家族人全都自顾不暇了,三姨悄悄找人,在半夜里将这三具棺材运出城埋葬了。当然,这都是后话了。

十九　"跑反"

1925 年时，民国政府已成立十四年了。这段时间的民国社会，可以用三句话概括：军阀混战，土匪猖獗，民不聊生。

1915 年袁世凯下台后，北洋军阀分化为以段祺瑞为首的皖系军阀和以吴佩孚为首的直系军阀。东北又崛起了以张作霖为首的奉系军阀。除这三大军阀外，大大小小的地方军阀多如牛毛，数不胜数。军阀们为了抢占地盘，互相争夺利益，连年混战不休。

1920 年，皖系军阀在直皖战争中失败，逐渐走向末路。但是直系军阀与奉系军阀间的争斗更加白热化。在 1924 年的第二次直奉战争中，吴佩孚遭到重创。从直系军阀中分化出来的孙传芳却连连取胜，成为一个不可小觑的新军阀。1925 年 10 月，孙传芳统辖了江苏、安徽、浙江、江西、福建五省，自命为浙闽苏皖赣五省的联军司令。

军阀连年混战的巨大资源消耗和军费开支，必然会转嫁到老百姓头上。军阀们横征暴敛、派饷拉夫，老百姓被盘剥得难以生存。同时，军阀的部队无故停饷,引起军队哗变,抢夺百姓财物成为常事,真让老百姓苦不堪言!

　　民不聊生更助长了土匪猖獗。军阀混战造成了大批失去生活来源的难民。为生活所迫,一部分难民铤而走险,变成了土匪。在 20 世纪 20 年代的中国大地上,出现了许多土匪帮,匪情之盛,令人发指。这些土匪帮的罪恶活动,对中国社会造成了很大的伤害,连北京、上海、武汉这样的大城市都遭到了威胁和破坏。这些年里,寿县乡里的土匪多如牛毛。大股土匪达千人,有枪四五百支;小股土匪数百人,有枪两三百支;此外,零星的土匪时常出没。为了防土匪,乡里的农户除赤贫户外,几乎每家都有两三支枪用于自卫。县城是县公署所在地,又有坚固的城墙保护,匪祸自然少了许多。但零星土匪潜入城中,"绑肉票""提财神"还是时有耳闻。土匪的残害手段极其血腥、恐怖,所以县城里的富户,几乎家家都有枪支和护院。

　　这些年里还有一种现象,更加深了老百姓的担忧。那就是各路军阀为扩充军队不择手段,常从土匪中招兵买马。尽管国民政府有禁令,不准在土匪中招兵,但是哪里禁得住?结果,军阀的队伍就是兵匪一家,兵如同匪,匪即是兵。受兵匪祸害的只能是平民百姓。百姓间早有传言,经常从土匪中招兵的军阀有张作霖的奉军、奉系张宗昌的鲁军、皖系倪嗣冲的安武军以及豫军,等等。都说只要遇见这些军队,就是遇到了土匪,能躲就赶紧躲!

　　1926 年 7 月,从广东传来了一个振奋人心的消息——国民革命军誓师北伐了!寿县的老百姓议论纷纷。当听说国民革命军的目标是消灭军阀、统一中国时,大家觉得总算有盼头了,都关注着北伐军的消息。1926 年 11 月初,又传来了北伐军攻克南昌的好消息。随后又有消息传来,孙传芳的主力已受到重创。他立即跑到天津找张作霖密谋对策，接着双方结成了同盟。张作霖令其麾下的直鲁联军司令张宗昌，调集十万大军南下支援孙传芳。

1926 年 11 月底，直鲁联军第十一军军长王翰鸣率部进驻寿县。该军以刘、宋为首的两个旅驻寿县城，另一个旅驻守正阳关。驻县城的两个旅一进城，就强占安徽省立第三女子师范学校的校园，将全体师生赶出校门。无处栖身的该校师生受尽磨难，最终只得迁校到凤阳县。

寿县城的百姓见张宗昌的直鲁军进了城，个个心惊胆战。张宗昌的军队可是出了名的土匪军！他们进城，无异于土匪进城，让人防不胜防啊！果然不出所料，紧接着就是筹饷派粮、收税摊捐、拉夫抢劫、奸淫妇女，等等，真正是无恶不作。因为局势混乱，全县的学校都停课。商店怕遭抢劫，也不敢正常经营。

经受重重苦难的老百姓，最怕的事就是土匪兵闯户入室，凌辱自家妇女。城里的人家，几乎家家都挖了地洞，以备紧急情况时躲藏。由于地下水位高，洞没法深挖，只能应急而已。所以，"跑反"就成了躲避兵匪的重要手段。

此时的小媛和小妮已是十一二岁的少女了。无论发生兵灾还是匪祸，她俩都同家里的成年妇女一样，是重点保护对象。金家财力有限，既无枪支也无护院，遇到险情只能"跑反"。在风声紧的那些天里，无论白天还是黑夜，全家人都不敢踏实睡觉。只要听见有枪声响起，或者听见报信人猛力拍响自家的大门，妇人们就要赶紧逃跑。有时半夜里出现险情，姐妹俩又睡得太死，娘叫不醒她们，便连掐带打，硬把她俩搞醒，拖起她们就跑。金家的妇人们常从后门跑出去,钻进那片长满芦苇的水塘,或者躲进水塘边的那片庄稼地里。如果情况再紧急,来不及跑出后门了,她们就会躲进后院的柴禾堆里,连大气都不敢出。若情况更加危急,已经来不及出房门了,就只能钻进地洞里,听天由命了!

"跑反"时,金家所有妇人中最伤心无奈的,要数家宁新娶的媳妇。提起家宁的新媳妇,还得从头讲起。早在家诚病逝前,家宁那位可怜的原配就因流产身亡了。家诚病逝后,金老太爷才四处托媒给家宁找媳妇。新媳妇进门刚一年,就生了一个大胖小子。可是,金老太爷对家宁生育上的坎坷还是心有余悸,便请了算命先生推算。那瞎子说:"要破以往的秽气,必须改口才行。"金老太爷请他详解,他说:"这孩子不能把他的亲娘喊娘,也不能喊妈,要改口喊舅母。还得找一个儿女双全的妇人,让这孩子改口喊她妈。这样才能化解灾祸,保得平安。"照这瞎子的讲法,金老太爷让家宁的孩子喊他的亲娘为"舅母",而喊金二奶奶为"妈"。从此,金二奶奶就成了小侄子的"妈"了!

家宁的孩子才几个月,离不开娘。但家宁媳妇"跑反"时,只能把孩子交给别人照看。每次"跑反",家宁媳妇都是含着泪,在孩子撕心裂肺的哭喊声中离开。躲藏的时间,短时只有一个多小时,而长的时候要躲大半天甚至一天。她牵挂着自己幼小的孩子,眼泪总比别人要多流几倍!

几次"跑反"中,金家的妇女都侥幸躲过了劫难,但哪一次都把人吓个半死。这段恐怖的经历,让小妮终生难忘。

直鲁军占城的这段日子里,寿县百姓天天都在苦熬苦盼。谁都盼望北伐军早日打过来,更盼望直鲁军早点完蛋,让大家能早点过上安稳日子。

二十 北伐军到寿县

北伐军占领南昌后，于1927年1月编成了东路军、中央军和西路军，乘胜北进。东路军入浙江作战；西路军在湖北继续消灭吴佩孚残部；中央军兵分两路，江右军直指南京，江左军渡过长江向皖北进军。

胜利的消息不断传来。1927年3月24日，北伐军江右军突破直鲁军防线，随即占领了南京和芜湖，又迅疾占领上海。与此同时，李宗仁指挥的北伐军江左军推进到了皖中地区，控制了津浦路南段，并逐渐逼近合肥、六安等地。随着喜讯不断传来，北伐军前进的步伐日益临近寿县。寿县人民已欣喜地看到了黎明的曙光。

1927年4月6日，国民革命军独立第五师在师长马祥斌的指挥下，从六安方向围攻寿县。北伐军与直鲁军王翰鸣部展开激战，双方都用大炮攻击对方。两天后，约两万名直鲁军从蚌埠前来增援。马祥斌部奉命退出寿县，加入了围攻合肥的战斗。5月中旬，北伐军攻占合肥，直鲁军全线败退。直鲁军经过寿县东乡向北逃窜时，又欠下了寿县百姓笔笔血债。5月底，北伐军马祥斌部再攻寿县，胜利占领了县城。

　　寿县人把国民革命军称作南军，把直鲁军叫作北军。当得知南军明天上午要入城时，全城百姓欣喜若狂。学校、商会自发行动，准备欢迎活动。所有商店、学校、民宅都降下了北洋政府的五色旗，挂起了国民政府的青天白日旗。人们放起鞭炮，敲锣打鼓拥上街头，欢庆国民革命军的胜利。

　　南军入城这天，县城四条大街挤满了人。到处是欢声笑语，到处是锣鼓声、鞭炮声。小妮和家人一起挤在北大街上，欢迎南军入城。只见南军的队伍打着军旗、扛着枪，迈着整齐的步伐行进。他们边走边唱着激昂动听的歌：

　　　　打倒列强，打倒列强，

　　　　除军阀！除军阀！

　　　　努力国民革命，努力国民革命，

　　　　齐奋斗！齐奋斗！

　　　　工农学兵，工农学兵，

　　　　大联合！大联合！

　　　　打倒帝国主义！打倒帝国主义！

　　　　齐奋斗！齐奋斗！

　　　　打倒列强，打倒列强，

　　　　除军阀！除军阀！

　　　　国民革命成功，国民革命成功，

齐欢唱！齐欢唱！

伴随着整齐的步伐，南军一遍又一遍地唱着这支雄壮、激昂的歌。看到南军士气高昂，欢迎的市民也激情高涨。有人领头喊起口号："欢迎北伐军进驻寿县！""国民革命万岁！""打倒列强！""打倒军阀！""统一全中国！"欢迎人群全都跟着喊起口号来。一时间，锣鼓声、鞭炮声、歌声、口号声此起彼伏，响彻全城。

在南军队伍全部走过去后，出现了寿县中学和各小学师生的队伍。小妮在丰备仓小学的校旗后面，看见了哥哥和顾云。他俩同其他人一样，手中挥着小旗，唱着南军的那首歌。一会儿，他们的队伍又喊起口号："打倒列强！""打倒军阀！""统一全中国！""国民革命万岁！"大街两旁围观的人群也跟着喊起口号来。小妮和姐姐看着这支学校师生的队伍，羡慕极了，真想加入。但她们不是学生，当然不可能了。

中午时分，哥哥他们回家了，手中还举着那面小旗。小妮问哥哥游行时唱的什么歌，哥哥说："我们也是昨天才学会的，叫《国民革命歌》。先生讲了，这支歌是大革命的战歌，人人都应该会唱。"小媛忙说："快教给我们吧！"于是，小媛、小妮挥舞着哥哥和顾云的小旗，跟他俩学唱起来。

自从南军进城后，校园里、大街上，处处都飘荡着《国民革命歌》的歌声。寿县这座千年古城，在大革命洪流的冲击下，似乎又一次焕发出了青春！

这段时间里，哥哥从学校里学到许多新知识、新名词，回家后讲给姐妹俩听，让她们也开阔了眼界。哥哥听学校先生讲了国民革命领袖孙中山先生的革命历程，知道了他在中国人民的心目中享有多么崇高的威望；又说孙中山先生为打倒军阀，再造民主共和，生前曾发动过三次北伐，都因种种原因没有成功；还告诉她们，国民革命军这次北伐，就是要实现孙先生的遗愿，打倒列强，打倒军阀，实现国家统一，实现孙先生的三民主义。小媛好奇地问："什么是三民主义？"哥哥说："三民主义就是民族主义、民权主义和民生主义。为了实现民族主义就要打倒军阀、打倒列强；为了实现民权主义就要建立民主共和的统一国家；为了实现民生主义就必须平均地权、节制资本，让耕者有其田。"小妮又问："打倒军阀我懂，南军就是打军阀的。可是列强怎么打呀？"哥哥一听就笑了："支持军阀的是各个列强。奉系和皖系军阀有日本支持，直系军阀有英国和美国支持。先生讲了，打倒军阀，就打击了列强在中国的势力。"

小媛和小妮都觉得哥哥真了不起，什么都懂！她们早就知道上学才能有知识、懂事理，可是爷爷不让她们上学，也没办法呀！大革命胜利了，世道变了，她们更盼望有一天自己也能去上学。

二十一　寿县中学

在吴伯安先生严厉的家教下，他的儿子们个个学习成绩优秀。1928年初夏，他的次子吴焕辉从卧佛寺小学毕业，以优异的成绩考入了寿县中学。同焕辉一起考入这所中学的，还有伯安先生的堂弟吴永森。同住吴家楼巷的吴永森只比焕辉大了两岁，但焕辉得称他四叔。上卧佛寺小学时，这叔侄俩就是形影不离的伙伴。现在又都上了中学，两人更是亲密无间。

寿县中学的全称是寿县县立初级中学，位于县城西大寺巷里。这所初级中学的历史可以追溯到清朝末年。那时正值"废科举、停州学、撤书院"的高潮，寿州状元孙家鼐捐银一千两，将明朝所建的寿州循理书院扩建成了寿州公学，并于1909年开学。清朝时的公学，是教授科学知识的新式学堂，相当于现在的初级中学。1913年，该校被统治安徽的皖系军阀倪嗣冲勒令停办。1920年，倪嗣冲倒台后，寿县公学得以恢复。1922年，县知事应寿县学界的请求，将寿县公学改组为县立初级中学，于1923年秋开学。从此，该校的教学管理不断完善，逐步趋向现代教育体系。

　　进入寿县中学后,焕辉觉得初中和小学大不一样。寿县中学的校长和教师都是大学毕业生,比小学教师的学识水平高出了许多。他们讲起课来深入浅出,头头是道,对焕辉极有吸引力。初一新开了两门课:代数和英文。焕辉很喜欢代数课,严谨的逻辑推理使他兴趣盎然。英文课全是死记硬背,他觉得索然无味。可是已经在合肥读高中的大哥告诫他:"英文很重要,而且越学越难,必须一开始就把基础打扎实了!"所以他对英文课一点也不敢放松。

　　上中学后,生活上的变化就太大了。学校要求全体学生住校,迫使他离开家庭,开始独立生活。一个星期里只有星期六下午放学后才能回家,星期天晚自习前又要赶回学校。刚满十三岁的焕辉还真有点不太适应。

　　开学后不久,焕辉就觉得隔壁教室有点特别,进进出出的都是些年龄十六七岁的大同学。另外,教室门口挂的木牌上写着"师范传习所"五个字。这"师范传习所"是怎么回事呢? 他问了许多人都没有搞明白。后来焕辉问了父亲,才总算清楚了。

　　原来按照1922年民国教育部的规定,初级中学可以兼设职业科,为地方培养实用人才。这几年来,寿县缺乏小学教师。县教育局就在寿县中学附设了"师范传习所",为寿县培养小学教师。这个师范班学制四年,是去年秋天招生成立的。知道这些情况后,焕辉想,自己班和师范班都是三年后毕业,两个班还要做三年"邻居",缘分还不浅呢!

　　不久他又发现,自己班里不少人和师范班学生是老相识。有的是小学的校友;有的是家住得近,从小就是玩伴。焕辉在球场上也结识了两位师范班学生,他俩都毕业于卧佛寺小学。

中秋节后的全校周会上，训育主任先请校长训话。老校长简短地讲了几句后，就请县教育局教育委员吴伯安先生训话。周会后，在训育主任陪同下，吴委员巡检校纪校风，还进教室听课，查看学生作业。很快，在全校学生中悄悄传开一个"新闻"："初一年级的吴焕辉，正是吴伯安的二儿子！"当然，这个传言是瞒着焕辉的，焕辉自己并不知情。

金玉琳去年从丰备仓小学毕业后，考入了师范传习所。与他同时考到这里的还有他从小的挚友程振生。当他听说吴焕辉是吴伯安的二儿子时，他比谁都惊异。原来那位长相俊雅、身材匀称而挺拔的吴焕辉，正是自己二妹的娃娃亲对象！他早已在操场上认识了吴焕辉，听说吴焕辉的学习成绩在班上名列前茅。此时，他真心为二妹玉秀感到高兴。周末回家时，他特意把这件事讲给了二婶和玉秀。二婶听了，格外高兴，而玉秀却害羞地跑了。

一次，焕辉同宿舍的几个人谈论下午同师范班的篮球赛，都夸赞师范班的程振生和金玉琳，说他们身材高，球技又好，算是球场上的佼佼者。焕辉下铺的刘志新说："我家和金玉琳家住得很近，从小就认识。南大街上的金协顺果品店就是他家开的。"又说，"以后想找他俩打球，我去讲！"刘志新随随便便几句话，别人听了毫不在意，可焕辉一听就愣住了，这时他才明白，原来金玉琳正是金玉秀的哥哥！

从此以后，虽然玉琳和焕辉都明白对方是谁，但谁也不愿意捅破这层窗户纸。在大家眼中，他们只不过是球场上的对手和玩伴。

学校开始放寒假的那个星期六中午，焕辉和他四叔拎着包回家。刚出校门,见不远处聚了一群人,还不断传出哄笑声,他们紧走几步到跟前,看见了这样的情景:自己班上以欺负人为乐事的两个"恶少爷",正在得意扬扬地嘲弄同班同学李景阳。他俩带着一伙人围住了李景阳,还手舞足蹈地边转边喊。他们喊叫的正是当下流行的那首童谣:

> Father Mother 敬禀者,
>
> 我在学校读 Book。
>
> 样样功课都 Good,
>
> 只有 English 不及格!

每当喊到"敬禀者"时,他们还把双脚并拢作揖;当喊到"不及格"时,又故意提高了嗓门。滑稽的表演,惹得围观的人哈哈大笑。被围在中间的李景阳满面通红、手足无措、两眼含泪地低头站在那里。

焕辉和他四叔正想上前保护李景阳,却有两个高大壮实的同学拨开那帮人,站到李景阳身旁。一看,正是金玉琳和程振生。程振生厉声呵斥:"为什么欺负同学?你们几个人欺负一个人,不害羞吗?"焕辉也站出来大声说:"李景阳请病假,晚到校一个多月,英文没考好有什么奇怪的?"吴永森紧接着说:"你们两个英文考得好吗?还好意思笑话别人?"戏弄人的一伙见形势不妙,一个接一个地溜走了。

焕辉很欣赏程振生和金玉琳,觉得两人真有点"路见不平,拔刀相助"的侠客义气。发生了这件事以后,焕辉同他俩的友情进一步加深了。

二十二　姐妹俩上学

1928 年初秋的一天,金二奶奶回娘家看望母亲。母女俩正在聊家常,弟弟永庆突然回来了。姐弟俩已经有些日子没见面了,互相问候后,永庆表情庄重地说:"五姐,我正有话想给你讲呢!现在我没工夫,晚上你来,我再慢慢给你讲。"二奶奶忙说:"晚上出不了门,你拣紧要的先讲讲吧!"永庆想了想,坐下说:"大革命胜利后,县城里能上学的女孩子都上学了,你怎么还不送小媛、小妮上学?"二奶奶无奈地说:"两个丫头一直闹着要上学,可她们爷爷不让去,我又有什么法子?"永庆叹口气说:"人家吴家最看重上学读书了。吴伯安是管学校的人,人家愿意娶个没上过学的儿媳妇吗?再说,吴焕辉可是个好学生,现在都读初中一年级了,都讲他是个要上大学的人。小妮如果不上学,也不般配呀!"他见五姐着急了,忙说,"五姐,你别急,还是先想想法子让孩子们上学吧!用得着我时,尽管来找我!"说着话,永庆已经向门外走去。

二奶奶知道自己的弟弟同吴伯安私交不错,也相信弟弟的担忧不是空穴来风。她想,万一吴家嫌小妮没读书,要退婚可怎么办?岂不是让金家在县城里丢尽脸面吗?越想心中越慌。她又想,去找公爹商量吗?她确实还没有这个胆量,再说,十之八九是商量不通的。全家人中唯一能商量的人,只有三弟家宁了。再说三弟一直疼爱小妮,现在事关孩子的终身大事,作为三叔,他能不管吗?

晚上,二奶奶进了西小院,一进门就喊:"三弟妹在家吗?"家宁媳妇迎了出来。二奶奶一进屋,家宁就起身让座。二奶奶说:"一家人,就不讲虚套了。我开门见山讲正事,你们帮着出出主意。"接着二奶奶就讲了吴家的情况,又讲了自己对婚约的担忧。

家宁听完二嫂的话,陷入了沉思,久久没有讲话,最后才说:"冲着我可怜的二哥,冲着二嫂你瞧得起我,也冲着我的二侄女,这件事我必须管。现在只有一个办法,就是瞒着老爹爹,偷着去上学。"又说,"瞒着爹也是行得通的。爹爹清早就去店里,晚上八点多钟才能回到家。只要没人告诉他,他就不会知道。"其实二奶奶早就这么想过,但是没有胆量这么做。现在有了三弟支持,她当然同意了。

叔嫂俩接着商量,选定了上县立丰备仓小学,这所学校离家近,又收女生。他们商定,去学校报名的事,由家宁负责;而瞒着老太爷的事,由二奶奶去跟全家人打招呼。

平日里,二奶奶人缘好。经她一说,全家上上下下没有一个不应承,全都一口答应瞒着老太爷。再说,让小媛、小妮上学,这是天大的好事呀,谁会不支持?

　　小媛、小妮听说要送她们去丰备仓小学上学了,高兴得又叫又跳。她们的娘却板起脸来警告她们:"还不悄悄的!如果让你们爷爷晓得了,不但你俩的学上不成,我和你三叔都要被责罚呢!"她俩这才知道,原来是背着爷爷去上学,忙把高兴藏进了心底。

　　第二天早晨爷爷去店里后,小媛、小妮跟着三叔去丰备仓小学报到。同行的还有小顺子和弟弟小全。弟弟已经在丰备仓小学读二年级了,每天上下学都是小顺子接送。娘已经给小顺子讲好了,今后要接送他们姐弟三人。特别是姐妹俩都已经十三四岁了,绝不能让她们单独在街上行走!

　　到了学校后,她俩跟着三叔找教导主任报了到。经过简单测试,她俩插班进了三年级。进教室一看,全班同学从九岁到十五六岁的都有。她俩属于年长的学生,被安排在最后两排的座位中。

　　对金玉英和金玉秀来说,学校里的一切都很新奇。老师、同学,教室、操场,上课、下课,当当的摇铃声、课间活动的喧闹声,等等,时时处处都吸引着她们去熟悉、去适应。上学一个月后,两姐妹体会到了各门功课的差别。语文课简单易学,写大楷小楷更不在话下。而算术课就有点头痛了,以前她们没学过乘除法,也不会乘法口诀,真有点吃力。形象艺术课很有意思,老师喊一名学生在白纸上乱点一气,他总能把这些墨点连起来,构成一幅美丽的山水画或者花鸟画。姐姐金玉英喜欢画画,但妹妹金玉秀不喜欢。玉英嫌没画好扔掉的画,玉秀就马上捡起来,填上自己的大名交给老师。而老师一眼就认出是金玉英画的,退还给她。但玉秀毫不在乎,最后交给老师的,还是那张画。她俩都喜欢音乐课,老师教唱了当今的流行歌曲《可怜的秋香》。这首歌是黎锦晖先生创作的,曲调很动听,同学们也唱得很有感情。而集会时,大家唱得最多的还是那首《国民革命歌》。激昂的词曲从孩子们口中吐出,变得格外响亮、动听。所有课程中最吸引她们的,还是体育课。体育课教跳高跳远、长跑短跑,还有球类。和大多数同学一样,她俩最喜欢打篮球。老师教给她们不少打篮球的技巧,使她们对篮球的兴趣越来越浓厚了。

　　一年多来,全家人都信守承诺,关于俩姐妹上学的事,谁也没告诉老太爷。但是时间一长,难免会露出些蛛丝马迹来。金老太爷已经猜出十之八九了,但他表面上仍是一副毫不知情的模样。事实上,随着时代的变迁,金老太爷的老观念也在慢慢改变。现在他已经默许两个孙女上学的事了!

二十三　少年的志向

　　1929 年春,新学期开学一个月后的一天,正在合肥读高二的吴焕文突然得了急病,被学校派人送回家中。伯安先生急忙将自己的长子送到教会办的春华医院去医治。经洋医生诊断,焕文得了急性脑膜炎,且病情十分危重,就立即住院了。此时洋医生告诉伯安先生,这种病十分凶险,现在世界上还没有特效药可治,他们只能尽力而为了。经过四天四夜的抢救,不幸的事还是发生了,才十八岁的焕文竟被病魔夺去了生命! 面对这场从天而降的横祸,焕文的爷爷奶奶和父亲母亲几乎全都精神崩溃了,全家人都陷入了极度的悲痛中。

　　当焕辉听说大哥突然逝世的消息时,他完全蒙了。大哥重病住院的那几天,他在学校里,什么都不知道。当他知道时,已经与大哥阴阳两隔了! 几天来他无法相信这件事是真的,总觉得哥哥还在合肥。直到大哥的丧事办完后,他才慢慢清醒过来——从此他没有大哥了! 深重的痛苦将焕辉击倒了!

焕辉从五岁起就同哥哥住一室。哥哥只比他大四岁,称得上是他的良师益友。爷爷奶奶年纪大了,爹总在外面忙,娘要照顾两个弟弟,同他最贴心的人就数大哥了。焕辉遇见不明白的事情,哥哥总会给他讲解;遇见解决不了的困难,哥哥会帮他解决;遇见不高兴的事时,哥哥又会开导他。进入初中后,他常和哥哥谈论社会,预想未来。现在,哥哥突然没有了,还不到十四岁的焕辉,第一次尝到了生离死别的悲痛。这场深重的痛苦促使他独立思考,人生命运的变幻莫测又激发了他成长。焕辉终于明白,人生道路并不平坦,总会遇到困难和险阻。今后虽然没有大哥的陪伴,但自己也必须独自勇敢前行。

千年寿春,自古就崇文重教。清末以来,寿县的学子们离乡求学已是寻常事,出洋留学也不再稀奇。在这批寿县学子中,还出过辛亥革命时代的精英。譬如民国元年孙中山大总统任命的首任安徽都督孙毓筠和第二任安徽都督柏文蔚,都是寿县人。除了政界的栋梁之材外,寿县学子中不乏佼佼者,他们活跃在国家教育界、学术界、工商界以及其他各行各业中。现在,每年都有不少成绩优秀的寿县籍高中毕业生考取大学,离乡去外地求学。

在故乡浓厚文化氛围的熏染陶冶中,在父亲教育救国思想潜移默化的影响下,焕辉树立了自己的志向。他要好好读书,将来进大学深造,成为对社会有用的人才,来报效国家。

大哥虽然不幸早逝,但冥冥之中,他总觉得大哥用期待的目光盯着自己。似乎大哥把他未能实现的心愿,全都寄托在自己身上了!焕辉更感到肩上的担子重,因为自己要实现的是两个人的心愿呀!

在初二的国文课堂上,先生讲到清代著名诗画家郑板桥的《竹石》一诗:

咬定青山不放松,立根原在破岩中。

千磨万击还坚劲,任尔东西南北风。

国文先生讲:"扬州八怪"的代表人物郑板桥爱竹,更喜欢画竹、赞竹。这首《竹石》,是郑板桥为他的画作《竹石图》题的七言诗。他采用拟人化的文学手法,表达了竹子高尚的道德情操,也表达了自己的处世之道。他在《竹石》这首诗中告诉人们,应该学习竹子扎根在岩缝中的坚毅和刚强的品格。做人要像竹子那样坚守自己的志向,绝不向强权妥协投降,也绝不惧怕任何磨难和险阻。

这首七言诗深深地震撼了焕辉这颗少年人的心。他默默想,人生路上难免会遇到艰难险阻,一个人如果具备了竹子那种坚忍不拔的意志,那么什么样的困难和险阻,都绝不能阻挡他去实现既定的目标。焕辉非常敬仰郑板桥先生,认为郑板桥先生不仅是一位了不起的艺术大师,也是一位启迪人们如何对待困难的精神导师。

接着国文先生又讲了郑板桥的一个故事,令焕辉十分感动。

郑板桥五十二岁时才得了一个儿子,取名宝儿。宝儿虽然是独子,但郑板桥对他管教很严,从不溺爱。在自己病危时,他把宝儿叫到床前,要求儿子亲手做馒头给他吃。宝儿不会做馒头,请教了厨师才终于将慢头做好了。

当宝儿把亲手做的馒头送到父亲床前时,父亲早已断气。宝儿这时发现茶几上放着一张信笺,上面写着几行诗:

　　淌自己的汗,

　　吃自己的饭,

　　自己的事情自己干。

　　靠天靠地靠祖宗,

　　不算是好汉。

　　国文先生又讲,郑板桥留给儿子的诗,也是他的遗言。这短短的三十个字,讲透了一条深刻的人生哲理:人生在世,就应该自己养活自己。要做一个受社会敬重的好汉,既不能靠天地的施舍,也不能靠祖宗的荫护,只能靠自己的努力。

　　从此以后,板桥先生的这首遗言诗,字字镌刻在焕辉的脑海中,让他终生不忘。同时,这三十个字,也成为他一生的座右铭。焕辉郑重地立下誓言:自己的一生,绝不靠祖辈留下的田地过活,要做一个"淌自己的汗,吃自己的饭"的人。他要以竹子扎根岩石中的精神,以"咬定青山不放松"的坚忍不拔,去克服人生路上的艰难险阻,实现自己的人生目标。

　　这年寒假,当农历大年来临时,家家都在写春联。焕辉给自己的卧室门写了一副这样的春联:

以有益于世者为尊

能自食其力者为贵

这副春联表达了这位少年自立自强的人生态度。

二十四 "六职"

大革命后的民国政府支持实业救国,倡导地方建立各种类型的职业学校,为地方培养技术人才。寿县是民国时期安徽省的甲等县,由安徽省政府出资,已兴建过几所职业学校。1928 年,安徽省政府又决定在寿县建立"安徽省立第六中等职业学校",简称为"六职"。省政府任命寿县名士毕仲翰担任该校校长,校址选定在原"省立第三女子师范学校"的旧址处。

1929 年 10 月初,"六职"完成筹建,即将开始招生。该校设立染织、缝纫两科,共招收三个班学生,全部是女生。这个喜讯像长了翅膀似的,传遍了寿县及其周边的几个县。凡有适龄女学生的人家,都在翘首以待,跃跃欲试。

"六职"招生的消息,最早传到了丰备仓小学。玉英、玉秀姐妹俩都觉得机会难得,很想报考,但又怕家里不同意。回家后她们央求母亲,可是母亲不敢拿主意。她们只得转而求三叔。

这天下午,家宁专程抽空回家,找他的二嫂商量侄女们报考"六职"的事。二奶奶无奈地说："孩子们如果能上'六职'，那是天大的好事，我怎会不情愿？可是老爹爹那一关怎么过，你想好没有？"家宁说："正因为怕老爹爹不准，我才来和二嫂你商量怎么办。"家宁想了又想后又说，"这次比不得上丰备仓小学。'六职'的学生全体住校，俺们想瞒着老爹爹，也做不到呀！我想这次只能把事对老爹爹摆明了，求他同意。爹爹要真为孙女们好，也不会阻拦的。"二奶奶感慨地说："老爹爹如果能同意，那真是两个孩子的造化了！"最后家宁说："二嫂，这事由我去求他老人家。你等消息吧！"

金老太爷虽然是个封建老顽固，可世事变化很快，他也不可能一成不变。孙女们瞒着他上学，后来他明明知道，却装糊涂，就是他改变的明证。"六职"要招生的事，他心中早已盘算过了。他觉得进"六职"上学，是孙女们学本事的好机会。有这个机会，就不要错过了，可别耽误了孩子！但是碍于面子，他绝不会主动开口讲这件事。

第二天在店里，家宁趁他父亲有空时试探着问："爹可晓得，现在'六职'开始报名招生了？"他爹瞥了他一眼，随便地答："这事都吵翻了一座城，哪个不晓得？"接着家宁就缓缓地议起"六职"来，讲它是省里办的学校，又讲这所学校条件如何好，邻近几个县的人如何抢着报名……可是他爹边吸烟边瞧着报纸，根本不搭腔。见此情景，家宁知道绕圈子讲不顶用，干脆直截了当地问吧，就说："您老瞧着，是不是让小媛、小妮去报名试试？"金老太爷仔细瞧了儿子一眼，却仍旧只是瞧着报纸，并不回答。家宁的心直往下沉，都快要沉到底了，却听见老父亲沉静地问："这次你不想瞒着你爹做事了？怎么又想起来问我了？"家宁马上不好意思地笑了，刚解释了几句送侄女们上丰备仓小学的事,却被打断了。只听见老人家说:"上次的事就不提了,以后可不许背着我自作主张!"稍做停顿,又接着说,"这个'六职'就是女孩子们上的学校。只要她俩有本事考上,就让她们上去!"家宁听了,心中一阵惊喜,忙答:"有爹这句话,明天我就给她俩报名去!考上考不上,就看她们自己的造化了!"想想总觉得过意不去,他又想解释:"上次丰备仓小……"话才出口,就被他爹打断了。只听见老父亲说:"过去的事不提了,快忙你该忙的事去吧!"

爷爷同意她们考"六职",让玉英、玉秀喜出望外。她们认真地投入考前准备中。10月中旬,"六职"举行了入学考试。月底发榜时,两姐妹都被录取了。爷爷以及全家人都为她们高兴,姐妹俩更是抱在一起蹦个不停。

11月初,"六职"开学了,首届学生分成两个缝纫班和一个染织班。玉英和玉秀都在缝纫科,但不在同一班里。

新的学校、新的生活,一切都是新鲜的。最有趣的事莫过于住校,一群同龄的女孩子们住在一起,真是其乐无穷。另外,在第一堂课上,老师就讲了三年期间的学习任务。三个学年中,她们要学会制图、裁剪、缝纫;要学习缝纫机的构造、使用和维修;最后一个学年,还要学会服装翻新和修改等技术。总之,"六职"缝纫班的毕业生,将是一名合格的裁缝。

在"六职",除了学习专业技能外,还开设了图画、音乐、体育等课程。真不愧是省立学校,在县城的所有学校中,"六职"的体育设施最完备,光是运动场就有三处。体育课的教学内容十分丰富,包括篮球、排球、网球、乒乓球、赛跑、跳高、跳远,铅球、铁饼、柔软体操,等等。由于"六职"的操场大,设施又齐全,一到休息日,外校的学生纷纷拥来。这里几乎变成了县城里的公众体育场了!

1930年春,新学期开学后,学生们都领到了"六职"的校服。这套校服包括一件时兴的阴丹士林蓝布旗袍,旗袍左前襟处绣着"六职"的校徽;还有紧裹着少女秀腿的白色长筒线袜和一双阴丹士林布的扣祥儿蓝布鞋,鞋口上有醒目的黑边。一群十五六岁的女孩子穿上这套校服,更加显现出她们的青春靓丽。每当星期六放学或星期日傍晚上学时,玉英和玉秀在家里伙计的陪伴下走在街上,总会吸引来满街行人赞赏的目光。也难怪,她俩乌黑齐耳的短发、青春秀美的面容,再加上光鲜靓丽的校服,简直就是一对含苞欲放的姊妹花。又有谁能对青春的美丽无动于衷呢?

新学期开学后不久,玉英和玉秀都隐隐觉得校园里有一种神秘的气氛。认真观察后玉秀发现,引起她们好奇心的是个由十多人组成的小团体。这个小团体里,三个班的同学都有。课间时,若有一人从教室门外传送一个意味深长的眼神,小团体的成员们就会马上走出去,相互咬耳朵传递信息。有时,一帮同学正在操场里活动,有人忽然从身后扯扯衣襟。她们先悄声交谈,然后就会一起离开。一次课外活动时,玉秀发现那十几个人聚在校园人迹罕至的角落里,似乎正在开会。这些都让她感到迷惑不解。

后来从同学们的谈论中,玉英、玉秀才知道,这十几人组成了一个叫作"十姊妹"的团体。"十姊妹"常常在星期天上街贴标语、发传单。她们还做街头演讲,号召年轻人反对包办婚姻,鼓励他们争取婚姻自主。有人猜"十姊妹"是 CY(共产主义青年团),还有人猜她们就是 CP(共产党)。玉秀听了吓得不轻,谁不知道,大革命后抓住共产党是要杀头的?再说,"十姊妹"只是宣传婚姻自主,凭什么要说她们是 CY 或 CP 呢?姐妹俩都觉得这种猜测毫无道理。

一天课外活动时,玉英在球场上崴了脚,玉秀扶着她回宿舍,迎面碰见一位中等身材、五官端正、白白胖胖的同学,十分亲切地询问玉英的脚伤。姐妹俩都认出她是染织班的同学,还是"十姊妹"团体的核心人物。玉英就客气地回答:"没什么大事,只是崴了脚。"可是这位同学很热情,坚持要同玉秀一起扶玉英回宿舍。到宿舍后,她取来一瓶红花油,仔细地涂在玉英的脚伤处。经过交谈,玉英、玉秀得知这位同学名叫李云珍,是从凤台县考来的。此后的几天中,每天早晚李云珍都会来给玉英的脚伤抹药,直到玉英彻底痊愈。

通过这次交往,玉英和玉秀都对李云珍留下了良好的印象,觉得她待人和蔼可亲,又热情周到。虽然李云珍只比玉英大两岁,但她很会体贴人,俨然一位老成的大姐。从此姐妹俩亲切地称她为珍姐。

为感谢珍姐给玉英治好了脚伤,端午节时,姐妹俩邀请她来家做客。李云珍果然大大方方地来了,还同玉英、玉秀的亲人全都见了面。从此玉英和珍姐的友情更加深厚,很快两人成了一对好朋友。

二十五　退婚风波

时光飞逝,转眼间北伐军进寿县已经两年多了。军阀消灭后,国家达到初步统一,社会也逐渐安定了。国民政府实行三民主义,在自由、民主、人性的旗帜下,近年来出现了新气象。青年一代人掀起了反对封建包办婚姻、提倡婚姻自主的浪潮。这浪潮在全国风起云涌,向封建传统秩序发起猛攻。

在这场反对封建婚姻的浪潮中,寿县的年轻人绝不落后。他们不仅能从全国各地报纸、刊物上,看到宣传、鼓励婚姻自主的大量文章,还能从本地小报、宣传材料中,看到当地青年抗婚、逃婚、退婚的生动事例。县城里各学校的学生还自发组成宣传队,经常利用节假日走上街头,以演文明戏、庐剧或花鼓戏、发表演讲、教唱歌曲、散发传单等形式宣传婚姻自主。

此时的玉琳已年满十七岁,也开始认真思考自己的婚姻了。他的婚事由家里包办,从小与陈家定了亲。可是他丝毫也不知道对方的情况。婚姻关系着自己一辈子的幸福,一味妥协或回避能行吗?他拿定了主意,先打问清楚对方的人品和性格，再考虑其余的事。

要摸清陈家姑娘的品行，需要朋友帮助。但是，他的好朋友程振生，已经考上军校离开家乡了；姨表弟顾云也已随顾家人去了上海。不过玉琳的朋友多，都乐意为他出力。不久，玉琳所托付的朋友们陆陆续续从三个渠道探明了情况。虽然消息来源不同，但对这姑娘的评价几乎一致。

原来，陈家姑娘是独女，在父母和长辈们的娇惯中长大。她的长相和身体都不错，人也很聪明，从小读过私塾，能写会读。但这位姑娘虽然"知书"，却不"达理"。她在家中说一不二，凡事不合她的心意，定要闹个天翻地覆。她敢同长辈顶嘴，对下人更是蛮横。所以，她家的人全都让她三分，生怕捅了她这个"马蜂窝"，无法收场。玉琳一听，这不活脱脱是自己的三姑再世吗？三姑再蛮横霸道，最终还是远嫁天津了。可是自己若娶了这么一位"姑奶奶"，一辈子就苦海无边、永无出头之日了！这辈子还谈什么幸福？

接下来的日子里，玉琳心急如焚，不知如何是好。朋友们给他出主意，让他恳求爷爷为他退婚。想来想去也想不出更好的主意了，他只好下定决心试一试。当晚玉琳请假回家，他含泪给爷爷跪下，求爷爷给他退婚。爷爷却大怒，说："人家闺女犯了哪个天条，凭什么退婚？"玉琳答："这姑娘脾气不好，以后没法过日子。"爷爷更生气了："人家黄花闺女，你见都没见过，凭什么瞎扯人家脾气不好？你这话是从哪里听来的？"接着爷爷滔滔不绝地教训他：又是祖宗传下来的规矩，又是别听别人瞎讲，要相信爷爷，要听天意，等等。

玉琳早就知道自己的爷爷是个既封建守旧，又十分固执的人。让他给自己退婚，真是难上加难。可是为了自己一生的幸福，这个婚非退不可！他思前想后，一夜未眠。随后他下定了决心，为了退掉这门亲事，将不惜付出任何代价！

翌日清早起，玉琳开始不吃饭。谁来劝说，他都不理不睬。他的嗣母和生母都很着急，轮番到床前柔声劝导。可是玉琳紧闭双眼，始终一声不响。这情景让老妯娌吃惊不小，原本温顺听话又有孝心的玉琳，怎么完全变成了另一个人呢？

晚上老太爷回家，听说长孙一天里什么也没吃，反而生气了。他认定孙子是在和自己耍性子，并没理会，只派玉琳的三叔去瞧瞧。然而他三叔去了，玉琳依旧一声不响。

第二天玉琳还是什么也没吃。金老太爷听说后，不是着急，而是暴怒起来。他认为长孙的行为，不仅是大逆不道，还给金家丢尽了脸面。他平生只听说过寡妇为丈夫绝食殉葬的，从没听说过一个大男人为退婚而绝食的。他认为女子绝食、随夫而亡是件合乎情理的事，更何况还能得个"节妇""烈女"的美名，立座"贞节牌坊"而流芳百世呢！而自己的孙子为了退婚寻死觅活，传出去岂不成了天大的笑话？真是辱没金家的祖宗，败坏金家的名声！盛怒之下，他命令全家人，谁也不许去探望！随他去！又命令所有的人，不准把这件丑事传出去，给金家丢脸！

到了玉琳绝食的第三天晚上，金老太爷回到家中，只见院里到处都无声无息、一片沉静。这可是家中从来都没有过的景象。儿媳们来请安时，个个眼睛红肿，声音沙哑。三儿家宁几次进出堂屋，都是一副欲言又止的模样。

老太爷虽没说什么,可心中却不由自主地琢磨起来。他想,一群毛孩子在十字街口瞎闹腾了一阵,怎么世道就乱成这样了?连玉琳这个一贯对他百依百顺,又懂事又有孝心的孙儿,都敢提退婚,还敢为退婚闹绝食!简直变得他都不认识了。看来长孙玉琳这次是要以命相拼了!

这天夜里金老太爷失眠了,脑子里如翻江倒海一般。他回想着报纸上讲的那些婚姻自主的道理和事例。又联想起三儿家宁劝他的话:"现在世道变了,老规矩都保不住了!""民国政府提倡婚姻自主,现在寿县退婚的人越来越多,已经一点也不稀罕了!"他意识到,这件事虽然破了老祖宗立下的规矩,但是已经形成了一种大趋势。老话说:"识时务者为俊杰。"现在大势所趋,老规矩还怎么挽回?反反复复地直想到了下半夜,他忽然想起早年听人说过的话:"绝食四天还能有救,时间再长就小命难保了!"又一算,玉琳已经绝食三天三夜了,再饿下去,岂不是真要有生命危险了?这可不是闹着玩的!他心中慌乱起来,再也躺不住了。又想,千条理,万条理,孙子的命是头条理!总不能为了一桩婚约而害死长孙吧?想到此,金老太爷当即决定,为孙子退婚!

等不及天明,金老太爷就急忙唤来家宁,一同走到大孙子床前。才三天没见,可是长孙的模样着实把他吓得不轻。只见玉琳面色蜡黄,嘴唇干裂,整个人像是瘦了一圈,已经看不到平日的影子了!爷爷心疼得老泪纵横,哽咽着说:"你不愿这门亲事,爷爷就给你退了。以后你的亲事,你自己定,爷爷再不过问了!"停了一会儿又说,"你要记住爷爷的话,以后遇见再大的事,也不能拿自己的命去拼。你答应爷爷吗?"玉琳虽处于半昏迷状态,但他听懂了爷爷的话。泪水从他紧闭的眼眶里滑落下来！这场为退婚而开展的绝食斗争,玉琳最终取得了胜利！

半月后的一天晚饭时,玉英和李云珍在饭堂碰见,就在一个角落里边吃边聊起来。玉英说:"有件事,你必须保证不对人讲,我才告诉你。"云珍答应了,玉英就小声讲了哥哥绝食退婚的事。李云珍听后十分惊讶,也很是敬佩,还不停地夸赞。玉英说:"其实这中间也有你们'十姊妹'的功劳。我把你们的小册子带回家,我哥哥都读了。幸亏爷爷没发现,不然我也要连带受罚呢!"两个朋友高兴地笑了起来。

李云珍在一年前的端午节那天,曾被金玉英请到家里吃粽子,见过玉英的哥哥。在李云珍的记忆中,玉英的哥哥是位瘦高个儿的文弱青年,不太爱讲话。可就是这样一个书生气十足的人,为了婚姻自主,竟然会以命相拼。金玉琳的勇气和决心,深深打动了李云珍的芳心,让她对他顿时产生了好感。

二十六　难忘的初识

在读完初二的那个暑假里，一天焕辉从北大街的山酉书房买完书出来，恰巧在门外遇见了金玉琳。金玉琳并不是一个人，在他身旁还站着两位亭亭玉立的少女。两个同学互相问候了，金玉琳便向他介绍那两位女孩子。原来这是他的两个妹妹金玉英和金玉秀，并说她俩都是"六职"的学生。焕辉对她们留意地瞧了瞧，这一瞧让他眼前突然一亮，不由得面红心跳起来。只见金玉秀是位面容白皙、五官俊秀、文文静静的青春少女，正面带微笑地向他致意。焕辉连忙向两个女孩子礼貌地问候。接着玉秀听了哥哥的介绍，也马上明白面前这个穿着寿县中学校服、长得一表人才的中学生是谁了。她不由得脸热心慌起来，忙微笑着点点头，算是打了招呼。随后，他们就互相告辞了。

这次意外的短暂相逢，捅破了金玉琳与吴焕辉之间的那层窗户纸，挑明了各自在这桩"娃娃亲"中的位置。更重要的是，这次相逢使得"娃娃亲"的双方——焕辉和玉秀初次会面并相识了！

刚满十五岁的焕辉，从来没和女孩子有过交往。他的家中只有兄弟，没有姐妹。小时候，张干奶经常用"给他娶媳妇"来逗他玩，他从不在意。七八岁后他知道爷爷给他定了娃娃亲，这事让他十分无奈，总是采取排斥和回避的态度。上中学后，虽然学校里有不多的几个女生，可焕辉从来也没注意过她们。这次街上的偶遇，却让焕辉彻底变了。虽然这次偶遇已过去几天了，尽管他并没有着意去想这件事，但金玉秀的身影总是闪现在他的脑海里。他想，这是不是人们讲的缘分呢？家里给定的娃娃亲，恰好又符合自己的心意，他觉得自己真是个幸运的人。

开学后不久的一个星期天，金玉琳约几个朋友去"六职"打篮球，也约了焕辉和他的四叔。吴家叔侄俩按约定时间到了"六职"操场，看见许多人正围在篮球场外喝彩。金玉琳一见他俩，便迎过来说："巧了，今天是'六职'和县中女生联队赛球，俺们先看一会怎么样？"焕辉忙答应。说着话，玉琳把他们带到球场边。焕辉一眼就看见，金玉秀姐妹俩都穿着运动服站在场地边。他连忙笑着打招呼，接着又问："你们也爱打篮球？"玉秀答："体育先生常教打篮球，俺们就是瞎玩。"焕辉又问："一会儿要上场吗？"玉秀答："俺们是替补队员，先生叫上场时才上呢！"

不一会儿，玉秀被换上了场。焕辉一看，却大大出乎他的预料。没想到外表端庄、文静的玉秀，一进球场，竟然变成了另一个人。尽管她身材不高，但奔跑、跳跃、传球都很灵活。只见她左右躲闪、前后腾挪、往返穿插，竟能出其不意地抢到球，又传给前锋，制造了不少得分的机会。精彩的比赛，激起"六职"的学生们不断鼓掌、喝彩。还有人评论说："瞧瞧俺们的金玉秀，打球就是'溜'!"。一个"溜"字,活脱脱地凸现出了玉秀在球场上的主动和灵活。焕辉听了,也暗自赞同。的确,玉秀在球场上的风采,一改她的淑女形象,展现了她机智、果断、敢于拼搏的内在品质,令焕辉不得不刮目相看。

这个下午,玉琳、焕辉和他们的同学也玩得很痛快。玉秀姐妹俩一直陪伴在场地边,为他们助兴。

此后在节假日中,当玉琳和他的篮球朋友们玩时,常邀请焕辉叔侄俩参加。只要在"六职"操场玩,他还会喊他的妹妹们一起来。因此焕辉和玉秀又见过几次面,他们慢慢熟识起来。

焕辉和玉秀能够在公众场合会面,实在是一件很幸运的事。因为20世纪的30年代,中国的青年人仍生活在令人困惑的时代。一方面,社会舆论大力宣传婚姻自主,鼓励青年们自由恋爱;另一方面,封建意识像一张无形的大网,限制着青年男女间的交往。如果出现一对青年男女单独在一起,定会招来无数怪异样的目光,引出许多闲言碎语,甚至造谣诽谤。由于人言可畏,连南京、上海、北平、广州等大城市的青年,都羞于公开交往,更不用说小地方的年轻人了。这时期青年男女间的交往,都着意避开公众的视线。最普遍的交往方式,就是书信来往,通过书信达到交流情感、培养感情的目的。

这年初冬时节,玉秀无意间在姐姐的书包里发现了一封信。看了信封,才知是有人托姐姐转给哥哥的。玉秀一再追问,姐姐让她发誓不告诉别人后,才说出写信人是李云珍。玉秀惊讶地问:"李云珍怎么会给哥哥写信的?"姐姐说她也搞不清。又说,两个月前李云珍托她给哥哥送书,后来就变成送信了。哥哥收到李云珍第一封信后却生气了,责怪姐姐多嘴,把他绝食退婚的事讲出去了。玉秀忙问:"那后来呢?"姐姐答:"不久珍姐又让我给哥哥传递信。后来,哥哥也让我给珍姐传信了。我都成了传信的'红娘'啦!"最后这句话惹得姐妹俩大笑起来。

接着,姐妹俩谈论起李云珍来。玉秀说:"假如珍姐做了俺们的大嫂,那也不赖。她性情多好啊!又能体贴人,又会照顾人。"玉英说:"哥哥说不准就是看上了珍姐的性情。我跟哥哥讲李云珍帮我治过脚,去年端午节时还来过俺家。大哥也想起她来过俺家的事了!"玉秀说:"是啊!珍姐性情温和,见一面后,谁都瞧得出来。这一点倒是和俺大哥挺般配。可是你别忘了,都说'十姊妹'是 CY 或 CP,你也该告诉大哥呀!"玉英却说:"是不是CY,谁能说得准?让大哥自己去决定吧!"

二十七　特大水灾

1931 年春天,焕辉进入初三的最后一学期,他面临着初中毕业和报考高中两件大事。焕辉的父亲建议他报考安徽省立第一中学,说这所高中的教学水平在省内始终名列前茅。他又向学校先生请教,先生们的意见也和他父亲一致。听先生们介绍,这所学校是清末著名思想家严复于 1906 年创办的,是安徽省最早建立的高级中学。由于该校位于省会安庆,所以大家都叫它"安庆一高"。同父亲反复商讨,焕辉决定把报考省立安庆第一中学作为主要目标,同时也报考省立合肥第三中学,用作备选。

6 月中旬,寿县中学初三年级举行了毕业考试,绝大部分同学都领到了毕业证书。人各有志,昔日同窗纷纷各奔前程。有的回家继承祖业,有的去外地谋职,有的报考各类职业学校等,最终报考高中的同学只有不多的几个人。焕辉的四叔也决定不读高中了,准备去卧佛寺小学当教师。与此同时,师范传习所的同学也都领到结业证书,各奔东西了。临别时,金玉琳找焕辉亲切话别。他说自己已经去丰备仓小学应聘,暑假后就要成为那里的教师了。两个朋友互相祝福,珍重道别了。

按照往年惯例,安徽省的高中入学考试,普遍在 7 月初举行。焕辉于 6 月底去了蚌埠,住在亲戚家准备应试。令他万万没有想到的是,就在他为人生新征程奋斗的时候,金玉秀家遭遇了重大的灾祸! 更让所有人都没预料到的是,1931 年的夏天竟然是如此的多灾多难!

6 月中旬,金协顺果品店去苏州贩来的三船货,冒着黄梅天的连绵细雨返回。货船行驶了近二十天,终于在 7 月 3 日晚 10 点来钟,抵达了寿县北门外的城关码头。船停稳后,押船伙计马上回家报信。待金老太爷带着家宁赶到码头时,已是晚上 11 点钟了。天色漆黑,小雨仍下个不停,城门也即将关闭。这时卸货既不方便,也不安全。金老太爷嘱咐押船伙计守在船上,等明早天亮后再卸货。

当晚金老太爷回家后,一直在盘算那三船货的事。他越想越清醒,翻来覆去也睡不着。到了四更天,刚刚有了点睡意,忽听窗外风雨声大作。他赶忙到窗前去瞧,只见暴雨倾盆而下,院子里霎时就积满了水。除了急促的风雨声,什么也听不见。他默默向天祷告:"老天保佑,雨快停吧!"可是这场暴雨倾泻一个多钟头了,还没有停歇的迹象。老人家心急如焚,坐立不安,脑子里只剩下一个念头:"糟了! 完了!"

按照他以往的经验,夏季暴雨极易引发东淝河上游的山洪。大别山的山洪一旦冲下来,后果将不堪设想。要知道刚到的三船货,并不全是自家的,还有近半船货是帮王老板捎来的。另外,这三只船还牵连着好几条人命呢！

天刚透亮，顾不得暴雨如注，金老太爷让伙计搀着，带着家宁向北门奔去。到了北门，只见许多人正在封闭城门。守门的说，山洪下来了，已经淹到城墙根了！金老太爷仍不死心，硬让家宁和伙计把他搀上北城楼。放眼望去，只见汪洋一片，码头没有了，也看不到任何船只的踪影；原来立在河岸边的大树，只看得见树冠了！顿时，金老太爷晕倒在地。家宁和伙计急忙掐人中、抚胸口。十多分钟后，老太爷才放声号哭出来。伙计背起老太爷，家宁护在身边，急忙回家了。

经郎中精心调治，金老太爷半个多月后才渐渐复原。但是他变了，始终一声不响，常常默默流泪。三叔家宁要去店里照看生意，全靠玉琳日夜守在爷爷身旁。

为了瞒住老太太，金老太爷病后，一直住在前院书房里。可是家里遭受横祸的事，还是让患着抑郁症的老太太知道了。老太太一下子疯了，放声哭喊："家败了！不活了！"有时又不顾一切地往外跑，说要去找家诚和家珠，几个人都拽不回来。家里常常被她闹得一团糟！老太太面前，一时一刻都离不开人了。幸好"六职"因发大水而提前放假了，玉英、玉秀遵照爷爷的安排，时刻守护在奶奶身边。

又过了些时候，金老太爷终于理清了思路，从苦海中挣脱出来。他认真品味一句老话："儿孙自有儿孙福，莫为儿孙做马牛。"觉得真是至理名言呀！他又想，玉琳已经毕业，马上就能养活自己了；两个孙女迟早是婆家的人，他也不必管。剩下几个年幼的孙儿，就让他们将来自谋生路吧！再说，自己已经七十三岁了,还能做什么呀?

金老太爷吩咐家宁,关掉金协顺果品店,改开一爿小杂货店。原来店里的人,只留下一个伙计,其余全部辞掉。并且向全家人讲明,他年纪大了,从今往后再也不过问生意上的事了。这爿小店,完全交给家宁去管理。

借住在蚌埠亲戚家的焕辉,先后参加了省立安庆一中和省立合肥第三中学的招生考试。当 7 月上旬考试结束时,淮河已经泛滥成灾了。他不顾亲戚的再三劝阻,执意离开蚌埠赶回家乡。

从蚌埠到寿县,哪里还有淮河和东淝河的踪影?到处是一片汪洋!放眼望去,水面上远远近近地露着屋顶和树梢,却没有人迹。当远处显现出寿县古城时,它就像茫茫汪洋中的一叶方舟,稳稳地屹立在滚滚洪流中,护佑着古城里的百姓。此情此景让焕辉不由得热泪盈眶。抵达城墙外时,他像同船的其他人一样,坐在吊篮里被吊进了城。

回家后,他第一件事就是到处找报纸,查看关于水灾的报道。这时才知道,这场洪灾范围之大、灾情之重,是历史上罕见的。入夏以来,全国范围内气候异常,大面积持续降雨。受灾地区南到珠江流域,北到长城关外,东到江苏,西至四川盆地。全国从北到南的河流,如松花江、嫩江、辽河、黄河、淮河、长江以及珠江,全都因暴雨泛滥成灾。连天府之国四川,也降雨成灾。据报道,南京、武汉、广州这样的中心大城市都已泡在水中。初步统计,全国大范围农田被淹,受灾人数已占全国人口的六分之一,死亡人数无法统计。

据本省报纸报道,安徽省是全国受灾最严重的省份之一。皖江段的长江干堤,溃堤处有两百五十多处。安庆、芜湖的洪水早已超过警戒水位,城里街道几乎全都变成了河道。淮河的主要堤坝都溃堤,淮河沿岸的城镇几乎全都被淹。面对如此严重的灾情,焕辉心情十分沉重。

这时,焕辉听三弟焕涛告诉他,金协顺果品店遭了大难。从苏州贩来的三船货都被洪水冲走了,金家损失惨重。焕辉忙给金玉琳兄妹写了一封慰问信,叫人送去。此时,他的心里犹如雪上加霜一般。

这天焕辉忧心忡忡地唤三弟一起登上北城楼查看水情,只见洪水的水面离城垛口只有一尺来高了。人们纷纷把手伸出垛口,撩水玩。

不知内情的人可能会奇怪,为什么大水围城,寿县城里的人却毫不惊慌呢?原因有二:其一是因为祖先们给他们造了一座坚固的城池。现在的城墙和城楼重建于北宋熙宁年间(1066—1070 年),南宋嘉定年间(1208—1224 年)续修。至今的七百多年间,这座古城不仅抵挡过许多次强敌的围攻,也抵御过无数次的洪水来袭。其二是因为老祖宗给他们留下了一句口诀,使他们面对洪水时如同吃下了定心丸,丝毫不必担忧。这句寿春城里的百姓人人都会背的口诀是:"水漫狮子头,水往孤山流。"其中所包含的深意,恐怕只有寿县城的人才会明白。

寿县城北门外的东淝河上有座石拱桥,叫通济桥。宋代先祖们建通济桥时,在此桥的四个桥墩处各立了一只石狮子。口诀中的"狮子头"就是指这些石狮子的头。而"孤山"是八公山的一座峰,位于淮河北岸的凤台县。孤山的硖石口,又称硖山口,它是淮河上的第一道峡谷,也是最狭窄的一道峡谷,被人们形象地称为千里淮河的"咽喉"。先祖们修寿州城时,让通济桥上的石狮子头顶与孤山峡山口的最高水位同高。所以,石狮子就成为目测水情的标尺。当洪水漫过石狮子头时,水就会经东淝河泄入淮河,洪水也就不会再上涨了。寿县城墙高于石狮子头,当然洪水不会淹进城来。

关于孤山的硖石山,还有一段美丽的传说。相传大禹治水时,见淮河流到凤台县的硖石山时被阻挡,无路可走的河水屡屡造成水患。于是大禹将硖石山一劈为二,让淮河水从劈开的峡谷中奔流而过。为了纪念大禹的丰功伟绩,人们在东硖石山顶修建了"禹王亭",以表达沿淮人民的敬仰之情。

8月上旬水势稳定下来,围城大水缓缓下降。东淝河也收敛起它暴虐的凶态,乖乖地回到了主河道中。但洪水肆虐过的四乡满目疮痍,房倒屋塌,尸横遍野。幸运保住性命的灾民四处流浪、卖儿卖女,真是一片凄凉!据报纸报道,政府已在赈灾了。但实际情况到底如何,恐怕只有灾民知道!

8月底,这场全国范围的特大水灾,才陆陆续续趋于终结。9月初,焕辉终于先后收到了盼望已久的省立安庆第一中学和省立合肥第三中学的录取通知书,他毫不犹豫地选择了"安庆一高"。此时,他的心早已飞向了省会安庆市。

二十八　去安庆

　　自从焕辉收到"安庆一高"的录取通知书后,他父亲就为他考虑去安庆的行程了。虽然从寿县到安庆还不到五百里路,但是没有公路相通。若走古道,只能靠骡马和渡船,不仅费时费力,还不安全。伯安先生经过仔细考虑,决定让焕辉从蚌埠乘津浦路火车去南京,再从南京乘江轮去安庆。这条路线虽然绕道南京,要多花路费,但是既快捷又安全,是最理想的选择。

　　学校规定的报到时间已近,伯安先生抓紧安排儿子启程。焕辉年纪小,又没出过远门,于是他父亲决定派家中见过世面,又精明能干的壮年伙计张克亮,一路护送他去学校。

　　经过紧张的准备,这天焕辉跟着张克亮踏上旅程。与全家人告别后,他俩乘船到了蚌埠。第二天大清早,两人登上了去南京的火车。民国的火车,票价很贵。除了达官贵人能乘得起一、二等车厢外,普通百姓只能乘得起三等车厢。三等车厢里人多拥挤,吵吵闹闹。焕辉第一次坐火车,但车上的拥挤、吵闹,让他很快就失去了新鲜感。火车上的一天并不舒服,他们终于在黄昏时分到达了南京浦口火车站。这使焕辉重新兴奋起来。南京是国都，又是著名的六朝古都。尽管不能在此久留，他觉得能看看街景也很满足了。

浦口火车站是一座高大的米黄色西洋式大楼，楼里楼外灯火辉煌。出站后他回头一望，在周围房屋的陪衬下，车站大楼简直像鹤立鸡群一般。他们随人群走出月台，又沿着单柱支撑的伞形长廊和拱形雨廊前行，一直走到了浦口码头。在此他们登上了过江渡轮。十多分钟后汽轮抵达了南岸——著名的下关码头。在下关码头附近，他们找了家客店住下。

晚饭后，张克亮要去买船票，嘱咐焕辉绝不能独自离店。焕辉只好坐在店门里向街上张望。这是一条紧挨着长江边的马路，只见大街上各种汽车、电车、洋车、人力车川流不息，行人熙熙攘攘。对街的西洋式楼房高低错落、造型各异，旁边的店铺鳞次栉比。人流的嘈杂声中，不时传来轮船的汽笛声和火车的吼叫声。纷杂的街景，让焕辉目不暇接。

焕辉向柜台里的小伙计打问门前这条大街。小伙计笑着说："这条大街叫'大马路'，是南京城里数一数二的热闹地方。南京人时常挂在嘴上的口头禅是'南有夫子庙，北有大马路'，就是指的这里了！"他又指着对面的几座高楼对焕辉说，"这是金陵海关，那是中国银行南京分行下关兑汇所。"又指着稍远的楼说，"远处那栋楼是江苏省邮政管理局。从我们店再往前走，不远处是民生实业公司南京分公司……"

张克亮回来后，马上带着焕辉去街上转。只见代表现代文明的电灯，把街道和店铺照得通亮。满街都是散步、乘凉的人。洋车夫的喝道声、汽车的喇叭声、小贩的叫卖声，不绝于耳。有几家大商店的店门上方，悬挂着五彩闪烁的牌匾,在黑夜中亮丽夺目。焕辉马上联想到化学先生讲过的霓虹灯,并想起先生说过的话:"现在大城市里已经有霓虹灯的广告牌了!"焕辉很高兴,今天果然让自己亲眼看见了神奇的霓虹灯!

第二天上午,焕辉和张克亮在下关码头登上了去安庆的江轮。焕辉站在船舷边,目送着车水马龙的大马路越退越远。他心中对自己说:"国都南京,下次再见!"后来的几年中,南京果然成为焕辉经常路过的地方。

沿江景色没有新意,江轮行驶得很平稳,焕辉两人全都在铺位上睡着了。当清晨来临时,江轮已在安庆码头徐徐靠岸了。焕辉立即被屹立在长江边的一座古塔吸引住了。他忙请教同船的旅客,原来它就是安庆迎江寺中著名的振风塔。那位旅客又热情地告诉焕辉:"振风塔是长江流域规模最大,也是最高的古塔,号称'万里长江第一塔',还流传着一种讲法是'过了安庆不看塔',可见振风塔的名气有多大了!"这番介绍,真让焕辉增长了不少知识。

下船后,张克亮叫了辆黄包车,把他们送到了省立第一中学的校门口。焕辉报到后住进了学生宿舍。张克亮在校门外的客店里安歇下来。

午饭后,焕辉要张克亮陪他去看振风塔,于是俩人又坐上了黄包车,直奔迎江寺而去。在家乡时焕辉就听人介绍过省会安庆市,说它占地不大,方圆只不过三四华里,人口也只有十万左右。现在呈现在眼前的安庆,确实与国都南京无法相比。不过这里毕竟是省会,他们经过的几条大街上也是车马川流不息,行人络绎不绝,商铺林立,人声鼎沸。

临江寺正如其名,就建在长江岸边。向庙里和尚打问,才知该寺始建于北宋年间,距今已有一千多年,还说此寺是长江沿岸著名的佛教古寺之一。

焕辉两人进入寺院后,直奔振风塔而去。振风塔耸立在大雄宝殿和毗庐殿之间,是一座楼阁式的砖石塔。塔身有八面八角,共有七层,塔高约六十米。两人进入塔内,沿着砖砌的台阶盘旋而上,逐层观赏。每层塔都有八个檐角,每个檐角都悬挂着铜铃。江风吹来,铜铃清脆作响,十分悦耳。塔里光线很暗,但尚能辨识出佛龛、佛像和碑刻。登得愈高,塔里愈狭小,台阶也愈陡峭。

当他们登上第七层塔顶时,都已气喘吁吁、浑身是汗了。走到塔身外的围栏边,阵阵凉爽的江风扑面而来,舒畅极了。他俩顺塔身外的围栏绕行一周,向四方瞭望。只见绿树掩映下的安庆古城尽收眼底,而万里长江正从塔下滔滔东流,向着水天一色的远方奔涌而去,景象十分壮观。焕辉久久地凝视着这幅美景,不禁为祖国的大好河山而无比自豪。

第二天,张克亮要启程回去了,焕辉让他给父母带回一封报平安的家信。又给金玉秀写了一封信,从邮局寄出了。

两天后,学校开学了。很快,焕辉就体会到这所省立名校的不同凡响。教师全都毕业于国内外知名的高等学府,学生是从全省选拔来的优等生,教学设施齐备,教学管理严格规范。焕辉暗下决心,要在这所著名高中里努力学习,实现自己上大学、将来报效国家的目标。

二十九　吴家楼治丧

焕辉去安庆一个多月后,他的祖父母在同一天里病逝了。一对六十三岁的老夫妻,竟然会在同一天里离世,实在是件稀罕事,一时间轰动了寿春古城。古时刘关张桃园三结义时曾立下誓言:"不求同年同月同日生,但愿同年同月同日死。"可是这样的誓言,谁又相信它会变成现实呢?令人惊奇的是,这样的事情,竟在这对老夫妻身上真实地发生了!

吴家大爷伯安先生是位孝子,他竭尽所能为父母隆重治丧。从大门到院落、厅堂全都扎起素帛,院里搭了祭棚。堂屋做灵堂,挂起挽联挽幛。和尚们在灵堂前念经拜忏,按时辰在院里"转佛"。厅屋做经堂,挂着佛像和十座阎罗殿图画,几个和尚在里面念经。道士们在前院观灯放食,做"开路"法事。吊客众多,院里人来人往,十分拥挤。虽然人多,但秩序井然。

玉秀星期六从学校刚回到家,哥哥就告诉她焕辉爷爷奶奶去世的消息。玉秀说:"我早听人讲了!都说两位老人家在同一天走的,是真的吗?"哥哥答:"那还能有假?听说两位老人家殁的时辰,只相差十来个钟点!"他又告诉玉秀:"大前天,三叔和我代表俺们家去吊丧了。这次吴家的丧事办得格外排场,这些年来,县城里都没有过!"见玉秀欲言又止的模样,他又补充一句,"焕辉没有回来,估计他爹没把这事告诉他。"玉秀听了,点了点头。

停灵祭奠六日后,第七日是发丧的日子。吴家出殡阵势之大,在寿县城里也是多年未见的,又一次轰动了全城。

清晨,由礼仪生主持出殡仪式,择吉时起杠发丧。行进路线是事先拟定的,要沿着城里的四条大街和主要巷道全都巡游一遍。从领丧的仪仗队伍往后瞧,只见头而不见尾。这支送丧队伍逶迤而行,排了一里多路。前面的仪仗已走到了钱李巷,而后面的队伍还在吴家楼巷。队伍的最前面是一对高灯和两班鼓乐、一班炮手。其后是全副执事仪仗,只见幢幡飘舞、旌牌罗列,纸扎的开路神、两对金童玉女、金山银山、纸车马、纸房屋……接着是一队和尚,有的吹笙管,有的敲木鱼,有的打铙钹。送棺的至亲好友紧跟其后。随后又是一队人,或捧香炉,或举花圈。接着是孝孙们打着引路灯,孝子们手持哭丧棒领棺。后面紧跟着两具四尺多高、四十八杠的柏木大棺,还有许多人执绋。灵柩后面是打着铙钹的一群道士和披麻戴孝的孝亲队伍。孝亲们的哀哭声震天。队伍所到之处,唢呐哀鸣,鼓点如泣,鞭炮声震天,黄白纸钱漫天飞舞。

送葬队伍经过的街巷,到处挤满围观人群,连墙头屋顶上都站满了人。直到近中午时分,这支缓缓移动的队伍才返回了东大街。最后出东门,送葬人登车上马,向东乡祖茔而去。

这天,玉秀也在围观人群中。早饭后她就随家人到北大街巷口处,等着看吴家出殡。此时她想起焕辉说过的话："我从两岁到五岁的三年多里，一直跟在爷爷奶奶身边。我对爷爷奶奶的感情甚至胜过了爹娘！"可是，今天给他的爷爷奶奶送葬时，偏偏缺了他，真是太遗憾了！正想到此，吴家出殡的队伍已经从西大寺巷里转出来了。玉秀眼都不眨地盯着看，她想把今天的所见所闻印在脑海里，以后好向焕辉转述。当孝亲队伍从她面前走过时，哀号声阵阵传来，玉秀被感染得凄然泪下。她怕被人笑话，忙偷偷擦去了泪。

初次离开家乡的焕辉，开学一个月后就开始想家了。后半个学期中，他已经暗暗盼着寒假到来。可是对学习，他丝毫也没有放松。对焕辉来说，似乎高中的第一学期格外漫长，但寒假还是被他盼来了。焕辉高兴地乘江轮、换火车往家赶，真是归心似箭呀！

当焕辉兴冲冲地走进家门时，万万没想到迎接他的竟是爷爷奶奶去世的噩耗！他知道父亲这么长时间瞒着他，是怕他太悲伤，会影响学习和生活。父亲对他的爱护他理解，但此时犹如一盆冷水从头浇下，他的悲伤却要加倍了！

焕辉到家后的第三天，怀着悲痛的心情，在父亲和弟弟们的陪伴下，去东乡祖茔祭拜了爷爷奶奶以及各位先祖。

正在居丧期间，依照习俗，吴家的这个年过得十分平淡。大年初十这天，金玉琳托人捎来一封信，约焕辉去黉学会面。

黉学是古寿州的孔庙,坐落于西大街上。第二天,焕辉按约定时间前往黉学里的魁星楼,远远地他就瞧见玉琳和玉秀已在一棵古柏树下等他了。三人会面后,找一个清静角落坐下。玉琳关切地问焕辉现在心情怎样了,焕辉说:"最痛苦的时候是刚进堂屋,看到了爷爷奶奶牌位时。现在已经好多了。"为了宽慰焕辉,玉琳谈起他亲眼所见的丧礼盛况。接着玉秀又讲了吴家这场隆重的出殡典礼,如何轰动了全城。兄妹俩都劝焕辉一定要节哀,千万不要影响了健康。焕辉真诚地感谢兄妹俩的关心,接着问:"这次发大水,你家遭了祸,现在怎样了?"玉琳答:"俺爷爷病好了,又开始主家了! 现在靠着祖辈留下的田地,还有三叔的小店和我的薪水,全家吃穿不用愁。你就放心吧!"玉秀却叹了口气,又摇了摇头说:"生意垮了,家败了,俺奶奶也疯了! 照看俺奶奶现在成了大事情,她一时一刻也离不开人了!"焕辉感慨地说:"哪家没有不幸? 俺大哥才十八岁就病死了,比爷爷奶奶的去世更让人痛心。人活一世,谁也不可能永远太平无事。俺们都在长大,今后无论遇到什么样的不幸,碰见什么样的困难,都要自己去扛呀!"玉琳说:"我佩服俺爷爷,他遇到的伤心事最多,可从没有被压垮过。他生了三儿两女,倒有两儿一女都年纪轻轻的就死去。白发人送黑发人的凄惨事,别人遇到一次就了不得了,他却经历了三次! 已经到了古稀之年,他苦心经营了十来年的生意,又被大水毁掉了! 这么痛心的事,俺爷爷却想得开! 病好了后,他又刚强地站起来主家了! 我能不佩服吗?"玉秀笑着说:"人都讲'宰相肚里能撑船',俺爷爷虽比不上宰相,可什么事都想得开,放得下。他的心怎么那么宽? 家中事安排妥当了,去年入冬后,他又发起成立了一个'九老会',开始安享晚年了！"

玉秀的这句话却勾起了焕辉童年时的记忆。那时，焕辉的爷爷常带他去九老会玩。九老会由九位志同道合的老友组成，他们按约定的时间聚会。聚会时，九老轮流做东。席间他们喝点小酒，行行酒令，或吟诗词、对春联，或赏古画、品书法，或观庐剧、听京戏，甚至谈古论今、即兴抒怀。老人们的目的只有一个，那就是自娱自乐。

焕辉觉得玉秀爷爷虽然命运多舛，但既刚强又豁达，真是年轻人的榜样呀！他郑重地说："你们爷爷面对挫折时，首先不怕，精神就不会被压垮；接着他能顺势应对，争取主动。确实了不起！渡过难关后，他还能给自己寻找晚年的快乐。这样积极的生活态度，值得俺们晚辈人好好学呀！"这个下午，三人又谈了许多知心话，都表示今后要多通信、多交流，遇到困难时要互相鼓励、互相帮助。

1932 年春夏之交时，焕辉收到一封玉秀的来信。信中报告了一个不幸的消息：她可怜的疯奶奶，趁着看护的人一时疏忽，竟然跑到后院跳井自杀了！焕辉很快给玉秀去信劝慰她："对于人生，古人曾留下过一句话，'不如意事常八九'。这话很有道理，人生总会充满波折，哪能万事皆顺呢？所以面对不幸时，要向你爷爷学习，必须要坚强！"又劝她，"你奶奶自从疯癫后，其实活得很痛苦。对她来讲，死亡也许正是一种解脱吧！"玉秀读信后，既信服焕辉所讲的道理，也感激他的关心。

三十　走向大学

光阴荏苒，转眼吴焕辉已在安庆一高读到三年级。作为高中毕业班的学生，他考虑最多的当然是报考大学的事。而报考大学，首先要决定学什么专业，再根据专业决定要报考的学校。高中的最后一个寒假中，焕辉多次同父亲讨论报考专业的事。他父亲认为，专业学科必须符合个人的兴趣，就让儿子自己决定。

1934 年时，大学的学科设置仍执行 1912 年民国初建时教育部的规定，共设文、理、法、商、工、农、医七科。焕辉想学一门实用技术，既能适应社会需求，又方便将来就业，所以先否定了文、理、法、商四科。焕辉对工科感兴趣，征求父亲意见时，却遭到父亲的质疑。伯安先生认为，我们国家工业技术落后，工厂少，门类也不齐全，怕就业时遇到困难。听从父亲的意见，焕辉放弃了工科。接着他对农科和医科做了认真比较。农科的研究对象是植物世界中的农作物，工作中面对的是大自然；而医科的研究对象是疾病和病人，工作场所是医院。焕辉天性就热爱大自然，更热爱植物世界。如此比较的结果,他选择了农科。若从就业角度考虑,我们国家是个农业大国,对农科人才的需求量应该很大。焕辉的专业选择,得到他父亲的赞同。

寒假后返校,他发现选择农科的只有他一人。但他不为所动,决心坚定地走下去。课余时间,焕辉收集、查找了全国各农业院校历年的招生资料,逐步掌握了全面情况。目前全国共有六所国立大学设立农学院,还有九所农学院分属省立大学、私立大学或教会学校。私立大学不难考,混张文凭也不难,但私立大学的学费是国立大学的好几倍,焕辉不考虑。省立大学的教学水平不如国立大学,他也不考虑。教会学校没有考试门槛,收费很低,但只收基督教徒,当然提都不用提了。最终,焕辉决定报考国立大学的农学院。

在六所国立大学农学院中,目前最著名的有三所:国立北平大学农学院、国立中央大学农学院和国立浙江大学农学院。经过比较,焕辉将首选目标定为国立北平大学农学院。他查明了这所农学院的历史与沿革,认为这所大学才是自己理想的目标。

国立北平大学农学院是中国最早的高等学校农科,其前身是成立于1905 年的京师大学堂农科。民国成立后,这所学校改名为国立北京大学农科大学。1914 年该校从北京大学分出,改名为国立北京农业专门学校。1928 年该校又更名为国立北平大学农学院。焕辉认为,自己若能进这所大学读书并取得毕业文凭,将会拥有广阔的发展前途。

高三的下学期,焕辉放弃了许多课余活动,全身心地投入复习备考中。在 6 月份的毕业考试中,他以优秀成绩取得安庆一高的毕业证书。7 月上旬,焕辉分别参加了国立北平大学农学院和国立中央大学农学院的招生考试。然后,他告别了母校的恩师与学友,返回故乡。

焕辉到家的第一天,就见到了叶家老姑。老姑心疼地说:"焕辉累瘦了!"母亲见到他后更加心疼,忙吩咐厨娘给他好好补养身体。父亲回来后,直接就问他考得怎样。焕辉答:"我自己觉得数理化和国文考试都有把握,分数也不会差。可是北平大学农学院的英文试题有些难,把握不太大。"坐在他身边的三弟瞪大了眼睛,好奇地问:"连二哥你都觉得难,那是什么样的题呀?"焕辉就详述了北平大学农学院英文试题中的作文题:"用两百个左右的词,描写冬季黄昏时,一个向你乞讨的乞丐的面部表情。"接着他又告诉父亲:"这篇英文作文,既要求掌握丰富的英文词汇,还要求有一定的文学描写能力。我尽力去描写了,不知结果怎样。"父亲说:"你尽了力就行了!已经考完了,就不去想了!好好养养身体吧!"三弟听了后,觉得北平大学农学院的英文试题也太难了,不由得吐了吐舌头,又摇了摇头。

经过近二十天的焦急等待,焕辉终于先后收到了两所大学的录取通知书,他立即选择了去国立北平大学农学院就读。此时,全家人都为焕辉考上了理想的大学而高兴。不久这个喜讯传开,前来道喜的亲友接连不断。又过了几天,焕辉才得了空,马上约了玉秀兄妹俩。

三人会面时,让焕辉没想到的是,金玉琳抱着个还不到一岁的女孩来了。玉秀笑着说:"这是俺的侄女儿!"还在一年多前的寒假时,焕辉参加过金玉琳的婚礼,还知道新娘是玉秀的"六职"同学李云珍。没想到现在金玉琳的孩子都这么大了!他就开玩笑似的拱了拱手,笑着对玉琳说:"恭喜你当爹了！"玉琳笑着说："当爹有什么可恭喜的？真正应当恭喜的是你。你考上了北平大学农学院，寿县有几个人能考到北平上大学？成了大学生，你的前途无量啊！俺们大家都为你骄傲呀！"接着，玉秀也连声地祝贺焕辉考上了理想的大学。玉琳又羡慕地说："焕辉呀，你可是见过大世面的人！去过首都南京，在省会安庆住了三年，现在又要去北平了！"焕辉却笑着说："你也不赖呀，都成家立业了，又有了孩子。俺们各有所长罢了！"这个下午，三位朋友畅谈国事和家事，又各谈自己的经历，尽兴而散。

按照录取通知书的报到日期，8月下旬焕辉就得启程去北平了。这次的旅程比去安庆艰难多了，光是从蚌埠到天津，火车就要走两天三夜，从天津到北平又得一天。伯安先生想为儿子寻找旅伴，但近年来在北平读书的寿县学子少，没有找到。试想，焕辉一个人三天三夜地待在三等车厢，不仅环境拥挤、杂乱，一路上的吃喝还得自带或沿途购买，焕辉的父母怎能不为儿子担忧？焕辉反而安慰父母说，自己正年轻，什么也不怕。父亲只得安排焕涛和伙计张克亮，把他送到蚌埠乘火车，剩下的旅程就只能靠他自己了！

启程这天清晨，全家人送他们登上了去蚌埠的航船。中午时分抵达蚌埠，找了家旅馆，大家休息。当晚，从南京浦口开来的火车到达蚌埠时，张克亮真能干，抢先提着皮箱、行李登车，还为焕辉抢到一个靠窗的座位。焕辉兄弟俩提着大包小包也挤上车，总算安顿下来。听说火车头要加煤加水，还得停半小时才开，焕涛和张克亮俩人在月台上跑来奔去，一会儿送食品，一会儿送水果。直到车开时，三人才恋恋不舍地挥手告别了。

焕辉一路劳累,不必细述。三夜两天后,火车终于抵达天津站。下车后,疲惫不堪的焕辉雇人帮他扛行李,住进站前的小客店。他倒头便睡,醒来时已是晚上了。晚饭后,他买好了次日开往北平的火车票。

第二天上午,焕辉登上了开往北平的火车。当听说这列火车得走到晚上才能抵达北平时,焕辉心中不由得一阵烦躁。正当此时,对面座上一个四十来岁的人微笑着与焕辉打招呼。当得知焕辉是去北平读大学的学生时,这位和蔼可亲的中年人高兴地说:"我是北平人,也是要回北平去,我们俩正好同路!"一路上,对座的中年人对焕辉侃侃而谈,完全吸引住了焕辉,让他忘记了旅途的疲劳。这个北平人十分健谈,用一口悦耳动听的北平话,把焕辉带进了他正向往着的北平城。聊天的内容十分广泛,既有古都北平的城市风貌和名胜古迹,又有北平的人文历史及清宫秘闻;既有北平的高等学府及名人逸事,也有当地的风土人情及著名美食;甚至还聊到了京剧名角及票友文化、清朝的八旗子弟及其遗老遗少……这位先生见多识广,又风趣幽默,他的言谈深深地吸引了焕辉及其周围的人,一路上,让焕辉既增长了知识、开阔了眼界,又加深了对古都北平的了解。谈笑之中,时间不知不觉地过去了,火车快到北平站了。焕辉忙问这列火车将停在哪个火车站,对面的先生告诉他是前门东站,接着又不厌其烦地给他讲起了这个火车站。原来北平的前门东站是1906年由英国人建造的,直到1934年仍是全中国最大的火车站。又说,北平前门东站的名声,早就远扬海内外了!

晚上近十时,火车终于抵达了北平的前门东站。焕辉谢别了那位热情的旅伴,雇人帮着提行李,随人流缓缓出站。出站后,他忙回头去望,只见一座宏伟的西洋式三层楼房矗立在辉煌的灯火中。整座建筑装饰着蓝、白、灰三色相间的宽横纹。拱形的楼顶下,镶嵌着十个正楷大字:"京奉铁路正阳门东车站"。左边有座钟楼,一面巨大的时钟随时都能为人们准确地报时。焕辉不由得感叹:"前门东站,果然是名不虚传呀!"

虽然已经快到半夜了,站前宽阔的广场上依然人群熙攘,到处响起悦耳动听的北平话。广场边的马路上,汽车、马车、黄包车、人力车来往不断。焕辉叫了辆黄包车,把自己送到了前门外的客店住了下来。第二天午后,焕辉在客店老板的帮助下,雇了一辆马车,把他连人带行李送到了学校。直到此时,焕辉才长长地舒了一口气。漫长而艰辛的旅程终于结束了,他走进了渴望已久的大学校园!

安定下来后,焕辉做的第一件事就是给父母寄去了报平安的家信,随后也给玉秀寄去一封简短的信。

三十一　大学年华

　　焕辉报到后,对北平大学有了更详尽的了解。原来国立北平大学的成立,还与大军阀张作霖有密切的关联。1927 年 6 月张作霖控制了北京政权,成为独掌大权的军政府大元帅。此时在北京的九所国立大学,多年来的教学经费被积欠,出现了办学困难。各校已屡次请求政府拨付教育经费,均无结果。张作霖掌权后,为减轻教育经费压力,当即宣布大元帅令,将这九所大学合并,成立国立北平大学。1928 年国民政府在执行这项命令时,遭到北京大学、北京师范大学等校的强烈反对。随后,这几所大学宣布独立。因此"国立北平大学"实际上只组合了农学院、医学院、法商学院、工学院、女子文理学院等五所学院。焕辉入学时,北平大学仍是一个比较松散的学院组合体。大学的校本部设在城里的李阁老胡同,下设的五个学院各有各的校址,互相离得都很远。

　　北平大学农学院的校址在阜成门以西六七里处的罗道庄。全院共有学生两百二十名,分设六个系、农艺系、森林系、畜牧系、园艺系、生物病虫害系、农化系。焕辉入学后，就读于农艺系一年级。

从小学到高中，焕辉一直是班级里的优等生，学习中从未遇到过困难。可是刚刚开始大学的学习，他却碰到了意想不到的大麻烦。问题出在英语听力和口语上。在大学一年级的高等数学、无机化学和普通物理等课堂上，留学归来的教授们从头到尾全部讲英语，一句中国话也不说。焕辉以往的英语水平并不差，但是听力和会话训练较少，专业词汇掌握得不够，所以听课比较费力。一堂课下来，他几乎只能听懂一半，剩下的一半就像听天书似的。课后复习时看讲义，讲义也全部是英文。教授指定的参考书，全是英文原版书。对他来说，只要借助词典，讲义和参考书全能看懂，无非多花些时间而已。可是听不懂讲课，问题就大了。教授们超出讲义所讲授的内容，便成了学习中的空白，那怎么能行？到这时焕辉才明白，北平大学农学院入学考试的英文试题为什么会那么难了！

刚入学时，焕辉就知道学校的校规很严，对学生的淘汰非常严酷。学校规定，只要有一门主课考试不及格，补考仍不及格，就要被开除。所以，有的专业，有的班级，到毕业时只剩下一两名学生，都是毫不稀奇的！再说，一学年的学费要六十块大洋，焕辉觉得书读不好的话，不仅实现不了自己的理想和抱负，也无颜见自己的爹娘啊！

一切都是明明白白的，自己是没有退路的。怎么办呢？这时，他的脑海中浮现出郑板桥的《竹石图》和那首《竹石》诗来。答案很简单，他必须像竹子扎根岩石那样坚忍不拔、顽强不屈，努力突破英语听力和会话的难关，才能争取到学习的主动权。一句话，必须要实实在在下苦功夫才行！

从此以后,所有的课余时间焕辉全用在了学习上。下午课外活动之前,他借来别人的课堂笔记,对照着补齐自己的笔记,赶在晚自习前归还人家。晚自习时,他找没人的地方,大声朗读讲义、参考书和自己整理的课堂笔记。这样做,既能训练口语,又能提高听力,还能强化记忆专业词汇。时常在晚自习后,他才开始完成当天的各科作业。这时按照学校规定,已是熄灯时间。虽然宿舍里只住两个人,他也不愿影响室友的休息。他就自备蜡烛,在教室里完成作业。

刚开始时,他的夜间学习坚持得不错。但一个多月后,每到做夜课时就会犯困。怎么办呢?他的脑海中首先映出了小时候先生讲过的"头悬梁,锥刺股"的故事。可是古人夜读时的这种醒脑方法只是传说,却无法实施呀!又听人说香烟能够提神醒脑,他就决心试试。试了两次,效果确实不错。从此,夜里犯困时,他就用吸香烟来提神。

"功夫不负有心人",这真正是句至理名言。两个多月后,他听教授的英语讲课,已经基本没有障碍了;与教授们用英语交流,也能比较流利顺畅了。他继续刻苦训练,终于完全掌握了学习的主动权。期末考试时,他取得了令自己满意的成绩。

取得这些成绩也让他付出了沉重的代价。寒假回家时,爹娘见他变得又黄又瘦,又是心疼又是责备。其实对年轻人而言,一时的黄瘦并无大碍,很快就能补回来。真正可悲的是,焕辉年纪轻轻就有了烟瘾,后来他再也离不开香烟了!

寒假后的新学期中，同学们惊奇地发现，吴焕辉好像换了一个人。原先只会啃书本的书呆子，现在变成了兴趣广泛的活跃人物。课外活动时，他是篮球场和排球场上的核心球员；文娱活动中，他吹笛子、吹口琴、拉二胡，样样在行；他的歌唱天赋也得以施展，许多电影中的流行歌曲，被他学唱得惟妙惟肖。不少人都夸他多才多艺。

古都北平的名胜古迹很多，焕辉对这些古迹十分欣赏和喜爱。在节假日里，焕辉曾约同学们游览过故宫、北海、颐和园等处。其中，他最喜欢的是故宫。走进故宫午门，宏伟华丽的皇宫景象令人目不暇接。整个紫禁城内，宫门、宫殿、宫院排布规整。放眼望去，高大的金黄色琉璃瓦殿顶，在阳光下熠熠生辉；宫殿的土红色宫墙、赭红殿柱和五彩殿梁，尽显华贵与庄严。宫殿间的宫院开阔平坦，使得耸立的宫殿更显得高大、威严。焕辉最赞赏的是皇帝施政和举行大典的太和殿、中和殿和保和殿。这三座大殿都坐落在同一座三层汉白玉台基上，它们高低错落、前呼后应、造型各异，构成了故宫里最宏伟、最壮观的宫殿群。

焕辉特别欣赏太和殿，也就是俗称的金銮殿。一进太和殿，迎面就是一座两米高的金色台基，上面有九龙宝座和金色屏风，左右各立三根盘龙金漆柱。殿顶藻井中的盘龙，口含一颗金光闪闪的巨珠。听人介绍，这颗巨珠名叫"轩辕球"，它象征着皇权至上。

参观故宫时，焕辉不由得浮想联翩。他想，如果不是推翻了清王朝，作为普通老百姓，自己怎么能够走进帝王的皇宫？又怎能跨进威严的金銮殿？有幸生活在推翻了千年帝制的民国时代，真是太幸运了！要珍惜这种幸运呀!

　　自此以后,焕辉常在课余时间游览各处名胜古迹。对于古都北平,他知之愈多,也就爱之愈深了。

三十二　过嫁妆

按照中国人自古以来的习俗,当儿女们长到十六七岁时,就要安排他们男婚女嫁了。民国成立后,在西洋文化的影响下,这种旧习俗渐渐改变。到了 20 世纪 30 年代,城镇青年的婚龄,已经普遍推迟到了二十岁左右。当然寿县也不例外。

大学一年级的寒假即将结束,焕辉要返回北平了。父亲在同焕辉话别时,似乎随意地问道:"你打算什么时候成亲呢?"问题来得太突然,焕辉不由得一愣,随后笑着答道:"我听爹的安排。"父亲缓缓地说:"我想,到今年夏天你就二十岁了,也该成亲了。再说,成亲又不耽误上学。你看可照?"焕辉同意了,但是要求父亲给他举行新式婚礼,用鞠躬取代跪拜,还要求简化婚礼的仪程。父亲爽快地同意了焕辉的要求。

不久,伯安先生依照习俗,请算命先生推算成婚的吉日和新娘子入门的吉时。吴家又按照吉日吉时写好了"请婚书",由媒人送往金家。金家收到请婚书后,写了回书并开列了玉秀的衣服尺寸,交媒人带给吴家。吴家将根据所列尺寸,给新娘缝制婚服。这就意味着婚礼的筹备工作正式拉开了序幕。

在寿县,婆家只需要准备好婚房、婚床和婚服即可。洞房中所有的家具、用品全由娘家陪送。对于娘家人来说,置办嫁妆可是件头等大事。嫁妆的数量和质量,不仅关系着娘家人的体面和声誉,还直接关系到女儿嫁过去后,能否被婆家人瞧得起、不受气。在寿县,大多数娘家人都从闺女小时候起就为她积攒嫁妆。当年的金二爷也是这么做的,他从无锡带回了许多上好的红木、新式用具和各式绸缎衣料,都是为女儿们准备的。

金二奶奶是个心性颇高的母亲。虽然丈夫去世早,近几年金家又在慢慢败落,但在女儿的嫁妆上她绝不含糊。大半辈子以来她积攒的体己钱,从不舍得花。现在她拿出玉秀应得的一份来,精打细算地为玉秀置备嫁妆。

嫁妆里最大的两宗,就是家具和四季穿戴。在寿县,陪嫁的家具一般分四箱四柜、双箱双柜和单箱单柜等几个档次。金家的丫头出嫁,都是陪送单箱单柜;而金家的闺女出嫁,必须陪送四箱四柜。譬如玉秀的四箱四柜整套家具应包括:两只高衣柜,两只半高衣柜,四只樟木箱,一张八仙桌,八把高背椅,两张春条凳,四只茶几,四只大方凳,四只小方凳,以及梳妆台等,大小共三十二件。接到婚书后,金家请来木匠,在后院搭起工棚,开始做家具了。

嫁妆里的四季穿戴,主要指衣服和鞋。这一宗可比家具烦琐多了。按季节分,有春秋穿、冬穿和夏穿的不同;按面料分,有绸缎、洋布、棉布、厚绒布、皮毛等不同;按用途分,有年节穿、出门穿、家常穿、里面穿、外面穿等之分。常听人议论，富家的女儿们，陪嫁的衣装一辈子都穿戴不完。二奶奶想，金家虽然比不得富有人家，但陪送给玉秀的衣裳，怎么也得够她穿戴个十年八载吧？多年来，金二奶奶一直为女儿们积攒衣料，也陆陆续续为她们做了些家常穿和里面穿的衣服。此时，金二奶奶腾出一间屋子，请了几个裁缝，开始为玉秀赶制陪嫁衣装。

转眼暑假来临，婚期近了。照俗规，婚礼前的两天内，要把嫁妆送到婆家，寿县人称之为"过嫁妆"。对娘家人来说，这可是一件重大的事情，既要热闹、排场，又要精细周到。要在众人面前，给娘家人长足脸面。

过嫁妆这天，金家人全都一大早就起来了。四架抬箱摆到了当院，女眷们齐动手装抬箱。她们把各式摆设、字画、书籍、文房四宝、首饰盒、漆器、玻璃器皿，以及各种铜、锡、瓷制的瓶炉杯盘等，分门别类地摆入抬箱中。接着在所有嫁妆上贴大红喜字，再给它们披红挂彩，或用红绸带包裹捆扎。二奶奶带着人，最后一次查点四只樟木箱里的衣帽鞋袜，再一次清点整理被、褥、枕、垫、帘、罩等物品，并用红绸捆扎得方方正正，盖上红喜字。

一早，三爷家宁和玉琳就带着帮工，在大门外挂红灯，贴喜联，装红彩，又招呼陆续到来的鼓乐班子以及送嫁妆的车马人夫，让他们在北大街上按序排列等候。

早饭后，玉琳指挥帮工们把抬箱抬到街口去，又把嫁妆一包包、一件件运出院去装车。三爷家宁和小顺子在街口指挥装车，玉华也在旁边尽力帮忙。金家二奶奶、三奶奶和玉琳媳妇、玉英都在院子里张罗这、忙着那。唯独玉秀嫌难为情,躲在屋里没出来。

媒人来了,金老太爷忙把她让进堂屋喝茶。今天,媒人可是"唱主角"的人物！按本地习俗,过嫁妆时娘家人是不出面的,媒人是娘家的"全权代表"。她将捧着"嫁妆清单"的大红喜帖,带领过嫁妆的队伍前往婆家。

大约上午十时,金家送嫁妆的队伍出发了。鼓乐班子开路,鞭炮齐鸣,街上的行人纷纷围拢过来。队伍最前面是四架抬箱。接着是两架马拉轿车,装着四铺四盖的锦缎被褥,以及枕单、靠垫、帘帐、布幔、桌围椅套,等等。再后面是装载着三十二件家具的十多辆马车。只见最新款式的双开玻璃门红木高柜、半高柜,楠木八仙桌及配套座椅、樟木衣箱、茶几配凳、梳妆台,等等,一一呈现在众人眼前。一眼看去,件件家具都用料考究、做工精细、款式新颖。还有一整套的红木盆十分惹眼,最大的盆能躺进一个成年人；而最小的妇人专用盆,口径还不足一尺。这支队伍所到之处,从围观人群中不断传出啧啧的赞叹声,还有人在不断打问新娘的娘家和婆家……

在吴家楼巷,派出打探消息的人回来报告:"嫁妆过来了！"这时,焕辉和他父亲忙去大门外迎候。霎时间,吴家门口锣鼓震天,鞭炮齐鸣。过嫁妆的队伍停在大门外时,媒人向焕辉父亲呈上"嫁妆清单"。随后,抬箱一个个地抬进大门,各类嫁妆一件件地搬往洞房。

所有嫁妆中,最劳婆家操心的是桶箱。这桶箱里装的是两只崭新的马桶,这可是件关系着生育后代的特殊嫁妆。在寿县,抬桶箱的人都很霸气,婆家人谁也不敢怠慢他们。每进一道门时,婆家必须给他们送上红包。否则,他们就会扔下桶箱不抬了。如果真出现了这样的情况,对新婚夫妇生儿育女很不吉利。所以,伺候好抬桶箱的人,是婆家的重要事情。为了图个吉利,吴家派了专人引领桶箱,每进一道门,都会客气地先递上红包,直到桶箱抬进洞房为止。

新娘的嫁妆全部进入洞房并一一就位后,里外两间屋子摆得满满当当。红对联、红喜字、红绸带、红蜡烛,把洞房映照得红彤彤一片。到了此时,已经万事齐备,只待新婚夫妇入洞房了。

三十三　喜进吴家

过嫁妆的第二天，就是玉秀出嫁的日子。虽然她与焕辉书信往来已四五年，而且年年都能会一两次面，可以说已经彼此熟知了，但离开娘家去陌生的婆家，还是令她心中忐忑不安。

新媳妇进婆家门的时辰，是由算命先生预先推演出的吉时，必须严格遵守。按照时辰，玉秀被装扮起来。她身穿红绸绣花旗袍，脚穿大红绣鞋，头戴一个红绸绣球，绣球上垂下的红纱直过腰际，双手捧着一束鲜花。可以说，她从头到脚都包裹在了象征着吉祥喜庆的大红色调中。

迎亲的花轿到了后，喜娘扶玉秀上了轿。大哥玉琳坐在她后面的轿子中，为她送亲。一路吹打、一路鞭炮地来到吴家大门口。从轿中她就看见，焕辉穿着浅米色的薄西装和皮鞋，身上披着红绸带，帅气地站在他父亲身边迎接她。在震耳欲聋的鞭炮声中，她被喜娘搀下轿，踏着地上铺的红毡前行。按照号令，她要跨马鞍、迈火盆……进入堂屋，两位新人并排而立，先给祖宗牌位鞠躬，再给父母大人鞠躬，然后夫妻相互鞠躬。礼成后，玉秀被喜娘引进洞房。

玉秀早就听说婚礼要举行三天。在这三天里,吴家要摆一百桌酒席招待宾客。当玉秀进洞房后不久,前院的几间厅屋和正院的喜棚里就摆开了酒席。谈笑声、猜拳声、喧闹声不断。每当有宾客进门时,大门外就传来鞭炮声、鼓乐声、贺喜声。然后,新的一拨喜酒紧接着开席。

在喜娘的陪伴下,玉秀心中渐渐平静下来。不一会儿,大哥吃过酒席来看望她,悄声给她讲了不少宽慰话才走。接着有客人进洞房来,玉秀规规矩矩地起立迎接,回答问话。若是至亲、长辈,她得恭敬地鞠躬问候。

母亲不放心,午饭后打发弟弟玉华来探望。她留住弟弟给她做伴。焕辉白天一直在外面应酬,直到晚上才回洞房。新婚夫妻相聚,竟是如此难得!接着的两天一直如此,玉秀十分无奈。好在母亲天天打发玉华来看望她。弟弟既是她和母亲间的"传话筒",也是她贴心的陪伴者,给她带来了许多温暖和安慰。

三天的婚礼终于结束了,一对新婚夫妇可以自在地享受他们的新婚幸福了!他俩一同走亲访友,一同读书报,一同去打球,还一同去八公山的珍珠泉游玩……这些天里,焕辉经常给玉秀讲古都北平的名胜古迹和趣闻逸事,让她也能认识北平、爱上北平。在这个夏天里,他们尽情享受着二人世界的幸福生活。

幸福的时光总是消失得飞快,不知不觉暑假将尽。虽然一对新人难舍难分,但8月下旬,焕辉不得不告别新婚妻子,按时启程返回学校。

学校开学时，玉秀遵从公爹的安排，不再去小学教书了。白天她有时读书看报，有时做针线，还常常回娘家瞧瞧。两个多月后，她对婆家的人和事都渐渐熟知了。

首先，玉秀发现公爹是家中最忙的人。大清早，有时公爹还没吃早饭，厅屋里就有客人在等候了。公爹就会把早饭摆到厅屋里，请客人和他一起边吃边聊。白天公爹在外面忙公务，晚上家中常有宾客。有时客人多，前院大小三间厅屋里都座无虚席，那时公爹就会忙到很晚。经过一段时间的观察，她发现有的客人是遇见了急难事，来找公爹讨主意；有的是为了社团会所的利益，请公爹出面促成；有人与别人产生了矛盾，请公爹从中调解；还有的人要互相签订协议或合同，来请公爹做文书的公证人；甚至有人遇到了官司，也来请公爹为他出谋划策，等等。玉秀虽不知道公爹有多大能耐，但从众人对他的尊重和信任中却明白，公爹既能办事，又肯热心助人，是位难得的大好人。从此，玉秀对公爹更加敬重。

到婆家后不久，玉秀就发现婆婆同自己的娘不一样。婆婆出身于书香门第，举手投足间都显示着大家闺秀的风范。她识字，能够看书，有好几本妇女读的弹词书，如《再生缘》《天雨花》《白蛇传》《玉钏缘》《笔生花》等。可是婆婆生了眼疾，近两年眼又花了，看书很吃力。玉秀嫁过来后，婆婆常常在晚饭后唤玉秀到她屋里，给她读这些弹词。玉秀就借着豆油灯抖动的光亮，手捧那些线装书给婆母念上几段。婆母特别喜欢《再生缘》，常叫玉秀念。所以孟丽君女扮男装的传奇故事，玉秀几乎都能背下来了！

这天早饭后,婆母递给玉秀两页纸,吩咐她照着抄下来,再照上面写的地址寄出去。她一看,原来是要寄给北平同仁堂大药店的信,内容是邮购三盒牛黄安宫丸。事后她悄悄打问,却大吃一惊。没想到刚五十岁的公爹竟然患有高血压,前两年还得过轻度脑中风。两年来,公爹一直服用同仁堂的药调理。玉秀同情公爹,虽然他还是个壮年人,却患了这么危险的病。从此,她也开始关心公爹的健康了。

不久,玉秀从叶家老姑那儿听说,她的过门还解决了老一辈妯娌间的一桩积怨。原来自己的婆婆与二婶婆,年轻时就有过节儿。后来两妯娌间干脆不相往来。当焕辉要娶媳妇时,她俩的小姑子永芳在两位嫂子之间不断地劝解、说和。永芳说:"眼看着儿媳妇要进门了,你们都是要做婆婆的人了。让儿媳妇看见婆婆和婶婆婆不讲话,该有多不好! 再说这事要传到亲家那边去,还不遭人笑话? 快别这样了!"小姑子的话着实点醒了老妯娌俩,从此两位老辈人和解了。玉秀真没想到,自己倒成了她们之间的"解铃人"。

焕辉有两个弟弟,没有姐妹。四弟焕文才十一岁,还在读小学。三弟焕涛十七岁了,他自幼喜爱绘画,初中毕业后拜寿县书画名家为师,在家习画。近年来他刻苦学习,准备报考美术专门学校。每当三弟完成一幅较满意的习作,他总会挂在堂屋墙上,同父亲一起认真地推敲、探讨。父子两人讨论完画,还要琢磨题款和印章。吴家这种浓厚的文化气息和家庭氛围,同玉秀的娘家迥然不同。玉秀觉得很新鲜,也被吸引了,常常在没人时去悄悄欣赏这些画作。

不久,玉秀听说三弟的未婚妻叫孙志华。孙小姐是她未来的妯娌,当然要打听清楚。原来，孙志华家是孙状元家的族亲，她父亲曾在上海阜丰机器面粉公司任职多年。这桩婚事的媒人也来头不小，是美国留学回来的医学博士杨济林。还听说孙小姐已从寿县中学毕业，现在在一所小学任教。玉秀在心里盼着三弟早日成亲，那时自己就有伴了，该有多好！

中秋节过后，婆母打算给公爹做件狐皮大衣。玉秀凭着在"六职"学到的技艺，主动揽下了这件事。玉秀用心裁剪，精心缝制。当这件狐皮大衣完工后，请公爹试穿，立即得到众人的赞扬。大衣不仅合身，还式样新颖、做工精细。大家都夸玉秀心灵手巧、技艺高。

秋收季节快到了，公公派信任的管事去乡里勘察收成，以便定租。她已听说吴家的田地都在东乡，几乎全是旱涝保收的岗地，只有极少的凹地。玉秀在无意间听到了伙计们的议论，他们都说东家一贯定租公道，从来不做减产不减租的缺德事。还说，那年闹水灾时，东家不仅免收凹地的田租，还给那些佃户送去了过冬的粮食。

深秋时节，佃户们陆陆续续进城交租了，公公总是安排他们在前院伙计屋里住上一两夜。这天晚上，玉秀到前院书房有事，见伙计的屋子门窗大开，浓烈的烟草味弥漫在院中。她从门窗偷偷往里瞧，只见油灯下，公公坐在桌边默默地吸烟。两个佃户蹲在桌边板凳上，五六个佃户靠墙蹲着，每人手中都举着杆烟管。玉秀觉得好奇怪，怎么有凳子不坐，偏偏蹲着？她便躲在暗处，想听这些人说些什么。佃户们随意地谈天气，说收成，抱怨捐税沉重。有的说家里的病人，还有的说乡里的土匪，如此等等。公公只是听，很少开口。玉秀觉得，佃户能给东家讲实情、谈心事，真是少见呀！

深秋的一个下午,厨娘王妈在院里晒太阳,手中还用麻丝在纺着麻绳。玉秀的婆婆以及家中丫头、女佣们坐在旁边,大家一起边做针线活边叙着家常。公公神色庄重地缓步走过来,用十分关切的语调对王妈说:"老王,今天太阳这么好,快把你的票子全都拿出来晒晒。不晒的话,长了霉可就坏了!"王妈知道东家又在同自己开玩笑了,周围的人也都在偷着发笑。她忙答:"俺能有几张票子,还用得着晒?"但公爹越发严肃起来,竟然一本正经地提醒她:"那票子可是纸做的,藏起来不晒可不照。等回头长了霉,可是要后悔死呢! 到那时,可别怨我没提醒你!"霎时间,院子里的人都由偷笑变成了大笑,连婆母都咧嘴笑了。还有人抢着同王妈打趣,王妈自己也笑得收不拢了。公爹却纹丝不笑,又嘱咐了一句:"别只顾笑,赶快去晒!"说完依旧背起手来,慢条斯理地走开了。

玉秀在屋里,隔着玻璃窗不仅听见了,也看到了院里的一切。她想笑,但儿媳妇怎能笑公爹?她只得强忍住笑,狂奔到床上,用被子蒙住头大笑起来,直笑到肚子痛了才罢。

玉秀真没想到,平日总是一本正经的公爹,原来还有如此风趣幽默的一面呢!

三十四　爱国学生运动

　　1935 年 12 月 16 日是个星期一。早饭后，焕辉像往常一样，打算穿过操场去教室听课。这时他发现，今天校园里的气氛与平日有些不一样。操场里聚集了很多人，有位同学正站在凳子上演讲。焕辉就走过去，想听听他讲些什么。

　　此时，那位同学正慷慨激昂地说："……东北已被日本占领，日本人又接着向国民政府提出了对华北的统治权。国民政府坚持不抵抗政策，于今年 7 月同日本签订了卖国的'何梅协定'，使中国又丧失了对河北和察哈尔的大部分主权。日本人在取得冀察两省的大部分主权后，现在又在抓紧策动'华北自治'。今年 10 月，在日本人的策动下，汉奸们成立了'冀东防共自治政府'，使冀东二十二个县脱离了中国政府的管辖。就在二十多天前的 11 月 25 日，为满足日本对华北政权'特殊化'的要求，蒋介石竟下令成立了'冀东政务委员会'。第二个伪满洲国的命运已经摆在华北面前。华北危急！民族危亡！同学们，我们能听任国民政府向日本人妥协投降，随意出卖国土吗?"焕辉跟着同学们齐呼:"不能!""我们能眼看着国家危亡,而任凭汉奸卖国贼继续卖国吗?"怒吼声又响起:"不能!""不能!"此时有人带头喊起口号:"打倒日本帝国主义!""打倒汉奸卖国贼!""反对华北五省'自治'!""收复东北失地!""停止内战,一致对外!"焕辉和同学们一起振臂高呼起口号,响亮的口号声回荡在操场上空,强烈的爱国热情也激荡在每个同学的心中。

平日焕辉是个埋头学业、不大关心政治的学生,但他又是个不折不扣的爱国青年。东北的沦陷、日寇的不断南侵,使他的心情无法平静。他每天都认真阅读各类报纸,经常和同学们探讨战局的变化。面对国土的沦丧、民族的危亡,他心中充满了忧虑和悲愤。"天下兴亡,匹夫有责",他也想为救国做点力所能及的事。刚才那位同学的演讲,强烈地激发了他的爱国热情。他心中充满了对日本侵略者的仇恨,也激荡着对国民政府不抵抗政策的愤怒。

这时,另一位同学登上高凳说:"同学们,一个星期前,也就是12月9日,国民政府要在那天成立卖国的'冀察政务委员会',企图把河北和察哈尔两省拱手送给日本人。这是地地道道的卖国行径! 我们北平的学生坚决反对! 北平市大中学生联合会组织并领导全市学生举行了请愿示威游行。我们北平大学农学院虽然得知消息比较晚,但还是有二十多位同学在那天下午赶到了会场,参加了9日的示威活动。12月9日的游行示威,成功地推迟了'冀察政务委员会'的成立。但是在报纸上,大家都没有看到对这次游行示威的点滴报道。这说明国民政府害怕了,他们封锁了消息,不准媒体报道。这也恰好证明了民众的力量,说明国民政府惧怕学生运动,害怕民众抗议!"操场上又响起一阵口号声。这位同学接着讲:"推迟'冀察政务委员会'的成立,并不说明我们已经胜利。前天的报纸上已经登载,国民政府决定于今天成立'冀察政务委员会'。同学们,我们能允许这个卖国的委员会成立吗?"操场上如雷的吼声响起:"不允许!""不允许!"

这时,高凳上又跳上来一位同学,高声说:"同学们,北平市学生联合会已经决定,今天全北平的大中院校学生举行示威游行,反对'冀察政务委员会'成立。各校同学在天桥集合,召开市民大会。然后进前门,经过天安门向东单行进。最后到达'冀察政务委员会'成立地点——东交民巷,在那里举行抗议请愿。同学们,我们北平大学农学院的同学要不要参加?"顿时如雷的吼声又一次响起:"要参加!""要参加!"他接着说:"根据北平学联统一安排,全市大中学校共分四个大队。我们城外的北平大学农学院、清华大学、燕京大学以及城外的几所中学编成第四大队,由清华大学率领。愿意参加游行请愿的同学,请站进队伍,我们马上就要出发了!"

焕辉毫不犹豫地站进了游行队伍。很快,操场上就聚集起一支一百多人的队伍。也就是说,北平大学农学院有一多半学生加入了游行队伍。接着,有同学给大家分发小纸旗和传单。

队伍前面打着校旗,举着"反对成立'冀察政务委员会'"的横幅。同学们顶着凛冽的寒风,挥舞着小旗,向阜成门进发。大家爱国热情高涨,一路上口号声此起彼伏。在离阜成门不远处,他们与清华大学、燕京大学的队伍会合了,大家高兴得欢呼起来。现在,学生们已经组成一支一千三四百人的队伍,声势大振,口号声更加响亮。

清华大学率领第四大队到达阜成门时，城门却是紧闭的。有清华的同学说，他们已经去过西直门了，西直门也是关闭的。于是领队们决定向西便门和它旁边的铁路门前进。可是当同学们到达西便门和铁路门时，这两处门同样紧闭。情况很清楚，北平当局已经知道学生们今天的请愿行动，要阻拦游行队伍进城。同学们愤怒了！大家臂膀挽着臂膀，用他们年轻的血肉之躯，猛力撞击铁路门。前一排人推铁门，后排人推前排人的身体。一拨拨年轻的身躯轮换着撞击铁门。经过一番合力冲撞，铁路门终于被撞开了，大家欢呼着冲进城去。

从铁路门进城的第四大队同学们，边呼口号边散发传单，向和平门前进。有的同学还沿街演讲，揭露国民政府向日寇妥协投降的卖国行径，号召民众起来抗议示威。队伍到达和平门附近时，遭到大批军警的拦截。军警们挥舞着棍棒、大刀、皮鞭，端着枪冲进了学生队伍。他们举起棍棒、皮鞭就打，挥起枪托就砸，学生队伍马上就被冲散了。紧接着，在这滴水成冰的寒风中，军警们竟举起消防水龙头，朝着学生们劈头盖脸地浇下来。焕辉的礼帽、围巾、前胸后背都被冷水浇湿，霎时间衣帽被冻得硬邦邦的。他一动，身上的冰碴子哗哗作响。还未及躲开，焕辉的肩背处又遭了重重一棒。周围都是挥舞着棍棒和刺刀的军警，焕辉只好顺势闪进身旁的一个小胡同里。见一家院门开着，他连忙进入院子，躲在门后。这时他才发现，自己皮袍子的左下摆，被刺刀挑了一个半尺长的口子，幸喜未伤及皮肉，但肩部被打处仍然隐隐疼痛。

稍后，焕辉返回街上寻找同学，但既没见到一个同学的踪影，也不见了凶残的军警。他又等候了好一会儿,仍没遇见一个同学。无奈之下,他只好独自返校。回到学校后,他见到了不少返校的同学,很多人都同他有类似的经历。

当晚十点多钟时,焕辉隔壁宿舍的一位同学才回到学校。听他说,和他一同回来的本校同学有十多人。从这位同学的讲述中,焕辉知道了后来的事情。

原来,游行队伍在和平门附近被冲散后,这位同学也躲进一条胡同。在那儿他碰见两位外校学生,他们就结伴而行,打算去天桥广场参加市民大会。为了躲避军警,他们不走大街,专走胡同。沿途又会集了不少各校的学生,最终竟集结了几十个人。因为路不熟,他们浪费了不少时间,直到下午两点多钟才赶到珠市口。在那儿,他们遇到了已经在天桥广场开完市民大会的游行队伍。这支大队浩浩荡荡,有一万多人,既有学生,也有市民。听游行队伍中的人说,在天桥广场召开了有两万多人参加的市民大会,并通过了八项决议。现在大家要去东交民巷外交大楼,抗议在那里举行的"冀察政务委员会"成立大会。

这支队伍到达前门时,又遭到大批军警和保安队的拦截,阻止队伍进入内城。游行队伍只得在前门外展开抗议和宣传活动。同学们发表演讲,散发传单揭露国民政府对日寇的妥协投降。游行队伍不断地高呼口号,号召全国人民团结起来,反对投降,一致抗日。游行队伍与军警一直对峙到了晚上。最终,学生们听从北平学联的指挥,才慢慢散去。这位同学还听说,今天游行示威的队伍中,有近四百人受伤,将近三十名同学被军警抓走。北平学联已号召，为营救被捕同学，大家还要继续斗争。

第二天，焕辉注意看报纸，发现所有报纸都没有昨天游行示威的点滴报道。但是，大家听到了从北平学联传来的好消息——这次抗议游行，又一次成功推迟了"冀察政务委员会"的成立。

接下来的几天中，好消息不断传来。上海、南京、天津、武汉、广州等城市的大中学校学生纷纷游行、集会，声援北平学生的"一二·九""一二·一六"爱国抗日游行。北平学生的爱国抗议游行，已发展成了全国民众的爱国抗日运动。反对妥协投降，团结所有力量共同抗日，已经成为全国民众共同的强烈诉求。

抗日战争的历史表明，"一二·九"爱国学生运动的作用和意义远远不止于此。它唤醒了全国人民抗日救亡的民族意识，在全国掀起了抗日救亡的高潮，对全国抗日形势的影响非同一般。从此，日本人企图以"华人自治"的方式，采用欺骗的手段走政治侵略的路行不通了，只能改而用武力侵占。历史事实正是如此："一二·九"运动过去一年半后，日寇撕下了伪善的遮羞布，对中国领土开始了大规模的武装侵略。

三十五　漫笔 1936 年

对于金玉秀而言,1936 年是她出嫁的第二年,又是国事、家事纷繁而至的一年,所以这一年让她记忆犹深、难以忘怀。鬼子入侵、国难当头,谁能不为国家的存亡和安危而担忧呢? 可是这一年里偏又遇到了几桩喜庆事,真是令她心中五味杂陈,竟辨不出是何种滋味!

北平爆发"一二·九"和"一二·一六"爱国学生抗议游行后,国民政府于 1936 年 1 月 5 日急令平津地区大中学校提前放寒假,于是焕辉回到了家中。他到家的当晚,全家人聚在堂屋叙话。大家首先就问起北平学生抗议游行的事来,焕辉详细地讲了自己的亲身经历和所见所闻。父亲听完了二儿子的讲述,深深地叹了口气说:"国家危亡呀! 日本人亡我中华之心早就有了。俺们中国人再不团结抗日,难道等着亡国吗? 学生们爱国有什么错? 学生们做得对,我支持!"接着焕涛和玉秀也讲起了寿县学生声援北平学生的抗议游行。

焕辉问起家中事来,父亲叫焕涛讲。于是焕涛说:"二哥,教我的先生已经建议我报考美术学校了。先生的意见是报考上海美术专科学校,爹也赞成。你看可照?"焕辉高兴地说:"爹都赞成,我当然赞成了! 要我帮什么,就快讲吧!"此时老父亲讲话了:"你刚到家,今天就早点歇了吧! 从明天起,你们兄弟俩先去找介绍这所学校的资料吧,越详细越好。了解清楚后俺们再商量吧!"兄弟俩连忙应承下来了。

随后的半个月中,吴家父子通过查找资料和四处打问,终于搞清楚了上海美术专科学校的详情。

上海美术专科学校简称"上海美专",于1912 年由乌始光和刘海粟投资创建,刘海粟任校长。这所学校现在已是蜚声海内外的艺术名校,设有中国画、西洋画、艺术教育、音乐、雕塑和图案六个系。该校教学设备齐全,师资力量雄厚。像国画系的吴茀之、潘天寿、诸闻韵等教授,都是当代著名的国画大师。可以说,这所学校云集了当代国画界的名师和前辈们。俗话说:名师出高徒。对焕涛而言,这的确是一所理想的美术学校。于是吴家父子三人一致决定,焕涛就报考这所学校。自此,焕涛沉下心来,认真投入了备考之中。

转眼之间,半年过去了。当焕辉又从北平返回家乡过暑假时,三弟焕涛已由张克亮陪同去上海,准备投考美专了。不久张克亮回来了,说他们到上海后,按地址找到了学校。在美专对面的弄堂里租了间房,安顿下来了。他还带回焕涛报平安的信,信中说一切都好,叫全家人放心。

8 月中旬,家中收到焕涛来信,说他已被上海美术专科学校中国画系录取。他又说:"中国画系今年共招收了二十名新生,学校里的教授和画室设施都是一流的,没得挑!但美中不足的是学费颇高,一年要八十大洋呢!"父亲高兴地给他回信,说全家人都为他的成功高兴。又叫他不要考虑学费,只要能学到真本事,学费高点也值得。

正当焕涛考取上海美专的喜讯传来时,玉秀的娘家也传来了喜讯——玉秀的姐姐即将出嫁了!

姐姐玉英的婆家姓朱,是寿县城里有名的商户。可巧这桩婚姻还是"亲上加亲",金玉英的未婚夫就是她大妈的娘家侄子朱泽卫。朱泽卫中学毕业后,考上了南京的一所军校,学习无线电通信。玉秀听娘讲,因战事趋紧,朱泽卫已从军校提前毕业,分配到青岛某空军基地服务。娘又说,因为朱泽卫的假期短,再过几天就要举行婚礼。而婚礼后的第三天,姐夫就要带大姐同赴军营了!由于"过嫁妆"在即,玉秀娘家人不由得手忙脚乱起来。见此情景,玉秀忙告诉焕辉,自己想回娘家帮帮忙,再陪姐姐住两天,叙叙手足之情。焕辉征得父母同意,亲自把玉秀送回娘家。

结婚的正日子到了。朱家在寿县城最大的酒店——十字街口的"聚红盛"摆了酒席。这是场既简单又热闹的西式婚礼。新郎身穿笔挺的空军中尉军装,新娘穿旗袍、披婚纱,来宾们纷纷夸这对郎才女貌的新人。这天,玉琳夫妇、焕辉和玉秀、弟弟玉华都出席了婚礼。令玉秀羡慕的是,姐姐不必像自己那样,在婚宴时独自守洞房,而是和新郎一起依次给各桌宾客敬酒。玉秀觉得,这样比自己的婚礼更加文明和时尚。

在玉秀眼中,玉英大姐出嫁这几日里,家中最"忙"的人不是别人,却是小弟玉华。

　　国难当头，少年人视军人为偶像是很普遍的现象。十五岁的玉华也是如此。他已暗下决心，将来要参军打鬼子、保家乡。如今突然出现了一位军人姐夫，令他喜出望外。他崇敬打鬼子、保国家的军人，当然更敬重这位军人姐夫。两天来，他天天借故往大姐夫家跑。朱泽卫有许多事要办，可是小舅子金玉华总是尾随其后。而且插空就没完没了地问这问那，实在让他无奈，但也只好尽量去应对。

　　大姐夫和大姐去青岛后，给爷爷寄来第一封信。玉华如获至宝，悄悄抄下通信地址。这时他才知道，原来大姐夫在空军的防空情报无线电台工作。玉华向学校先生请教，才搞清楚"防空情报"就是发布防空警报的机构。先生说，这个机构对军队和民众躲避敌机空袭至关重要。玉华才知道大姐夫的工作这么重要，他更加崇拜大姐夫了！他想给大姐和大姐夫去信问候，却发现很难办到。大姐夫频频换防，半年时间里，从青岛到了上海，又从上海到了杭州……往往他信还没写好，信址又变了，无奈之下只好作罢！

　　大姐随丈夫离开家乡后，玉秀娘的身边只有玉华了。靠个半大男孩子照顾母亲，玉秀实在不能放心。焕辉回北平后，玉秀常回娘家看望。这时她才发现，十来岁的小丫头莲儿，已经变得很顶用了。有莲儿时刻陪伴，她的娘并不孤单，这让玉秀安心不少。

　　提起莲儿的身世来，还有一段往事呢。1931 年发大水时，金家的生意倒了，家也败了。家中的丫头能嫁的都嫁了，只留下春桃服侍已疯癫的老太太。干娘全都遣了,只留下张干妈给全家人做饭;伙计中也只留下了小顺子来服侍老太爷。大水退去后的一天,二奶奶上街时,见一群人围在路边,她就探头去瞧。只见一个才五六岁的小女孩躺在地上,已经病得奄奄一息了。显然,这是一个水灾中的孤儿,二奶奶顿生怜悯之心。俗话说"救人一命,胜造七级浮屠",何况还是个孩子! 二奶奶毫不犹豫地将这病孩子背回了家。经老公爹允许,把这孩子收留下来,并给她取名莲儿。

经过二奶奶的精心调治,莲儿的病渐渐好转了。莲儿虽被二奶奶救活了,但她脱肛的毛病一直不好。二奶奶毫不嫌弃,每天晚上都用草药煎汤,给她热熏、按摩,把脱到肛外的肠子熏软了,慢慢塞回肛门里。一年多后,随着营养的改善和精心治疗,莲儿脱肛的毛病也治好了。虽然谁都知道莲儿只是个丫头,但二奶奶待她如同亲闺女一般,所以大家都戏称她是"三小姐"。莲儿从小就懂得感激二奶奶的救命之恩,把二奶奶视作亲娘。现在大家见莲儿长大了,懂得报恩,一心一意地服侍二奶奶,又都说"上天有眼","二奶奶真是善有善报"。

1936 年的 12 月实在是个不寻常的月份。刚刚进入 12 月,一件特大喜讯就传扬开来。各类报纸纷纷刊登了孔府的一则"结婚启事"。孔子七十七代孙、衍圣公孔德成将于 12 月 16 日大婚,迎娶安徽寿县前清状元孙家鼐的嫡孙女孙琪芳。孔府衍圣公大婚,在中国人心目中,这是件头等大的喜事。尽管日寇进逼,抗日形势十分危机,也不能影响人们对这件大喜事的关注。这则消息霎时间成了轰动海内外的特大新闻。国民政府政界要员、各社会团体领袖及社会名流、工商界的富豪们纷纷赠送贺礼，并被邀请出席婚礼。许多报纸都报道，蒋介石也送了礼品并打算参加这场婚礼。一时间关于这桩婚事的报道铺天盖地，孙琪芳立即成为名扬海内外的新闻人物。与此同时，安徽寿县这个地名也随着孙琪芳的大名而频频见报。寿县人都认为，孙琪芳为寿县增了光、添了彩。全城人为此而兴奋不已，大街小巷里议论纷纷。那些"孙半城"，因为孙家出了衍圣公夫人，全都露出了自豪的神态。

正当人们对孔府的婚事热议不休时，另一件轰动世界的特大新闻传来：西安事变爆发了！张学良、杨虎城两将军于12月12日在西安发动兵谏，扣押了蒋介石。张杨两将军于当天通电全国，要求蒋介石停止"剿共"，联共抗日，一致对外。"双十二事变"在社会各界引起了轰动，各种舆论如潮水般涌来。与此同时，张杨两将军联共抗日的主张，也得到了主流舆论的一致赞同。

十多天后，所有报纸都报道了西安事变和平解决的消息，国共两党的会谈达成了六项协议。蒋介石被迫放弃了"攘外必先安内"的方针，接受了"停止内战，联共抗日"的主张。这样可喜的成果，使中国老百姓终于看到了全民族团结一致、联合起来驱逐日本侵略者的希望。

这些天来，寿县城里热议的重心都转向了西安事变。玉秀发觉公爹变了，以往常常眉头紧锁的面容舒展开了，有时还会绽出笑容。玉秀就借机将听来的传闻讲给公爹听，向他请教。经过公爹的讲解，玉秀进一步理解了西安事变和平解决的重要性。它促成了全民族联合一致的抗日民族统一战线，必将转变全国抗日的总形势。毫无疑问，这样的转变，对夺取抗战胜利具有十分深远的意义!

面对抗战形势的可喜变化,金玉秀突发奇想:她觉得西安事变的和平解决,恰似雨后天空中突然出现的一道炫丽的彩虹,让原本暗淡的 1936 年年尾,透射出了全民族联合抗日的曙光。

"国共合作,联合抗日",这正是全中国人民共同的期盼呀!

三十六　国立北平大学的西迁之路

1937 年 7 月 7 日,卢沟桥事变爆发,日军开始向华北大举进攻。日寇于 7 月 29 日占领了北平,紧接着天津也沦陷了。值此战乱之际,又逢暑假来临,各类学校纷纷放假。焕辉回到家乡后不久,三弟焕涛也从上海返家了。酷暑之中,不仅天气热,出于对抗战前景的担忧,大家更加心焦。乘凉时,吴家父子们谈论报纸上的消息,交换各种传闻,预测战局的发展,常常议论到深夜。

但是战局变化之快,还是出乎人们的预料。1937 年 8 月 13 日,大批日军竟然从吴淞口登陆,向上海发起进攻。国民军三十六师、八十七师、八十八师奋力抵抗,"八一三"淞沪抗战爆发。中国军队以近七十五万人,抗击技术装备先进、海陆空实力雄厚的三十多万日军。此战敌强我弱,实力相差悬殊。日军飞机对沪宁杭地区狂轰滥炸,鬼子的坦克、大炮天天向中国军队的阵地疯狂进攻。此时,前方将士以血肉之躯拼死抵抗,国民军每天都以惨重的伤亡捍卫着国土。上海人民则舍生忘死,支援前线。

看了报纸上对淞沪会战的报道,焕涛给留校同学去信,打问学校近况。同学回信说,学校校舍已被征用为难民收容所。在校同学不多,大家都投入赈济灾民之中。在这种形势下,父亲和二哥都阻止焕涛返回上海。

战事日紧,前景难料。孙家传过话来,希望早日完成与吴家的这桩婚姻。焕涛的父亲理解亲家的心情,同意尽早完婚。9月初的一天,选定了一家大酒楼,两家举办了简单的西式婚礼。从此玉秀和三弟媳志华成了亲密的伙伴。

焕辉在9月中旬收到学校的通知,要求学生尽快返校,他急忙返回北平。回到学校后,他才知道学校要迁校了!国民政府教育部于9月10日电令:以北平大学、北平师范大学、北洋工学院及北平研究院等院校为基干,合并设立西安临时大学,迁往西安;以北京大学、清华大学及南开大学等校为基干,合并设立长沙临时大学,迁往长沙。为此,教育部已从中英庚款委员会获得拨款五十万元,作为两所临时大学的开办费用。

全校师生只好匆匆忙忙地做迁校西安的准备。焕辉一面给家里写信,报告迁校的事,一面积极做着动身前的准备。9月下旬,按照学校的统一安排,全校师生一批批踏上了西迁的旅程。焕辉他们这一批,先乘火车沿津浦路到徐州,然后再乘火车一段段地向西艰难迁移:从徐州到开封,再到洛阳,再到潼关……全校师生终于在10月中旬抵达西安。

西安临时大学分设在三个校址:校本部为第一院,在城隍庙后街4号;农学院、法商学院、医学院、教育学院为第三院,地址在北大街通济坊;其余院校属于第二院。

1937 年 10 月 18 日,西安临时大学正式成立,全校共设六大学院、二十三个系,共有学生 1472 人。全校教职员工共 316 人,其中有教授 106 位。1937 年 11 月 16 日,西安临时大学举行了隆重的开学典礼。全校师生终于在西安安定下来,开始上课了。

就在北平大学西迁的这几个月里,抗战形势变得更加严峻。北平、天津失守后,日寇一方面分别向上海和太原发动进攻,另一方面沿平绥线、平汉线、津浦线向南推进。中国军队虽拼死抵抗,但不敌日军的武力。1937 年 11 月 8 日太原失守,11 月 11 日上海失守。进入 12 月后,南京、杭州也相继沦陷,华北、华东的大片国土已落入敌手。接着,日寇沿平汉铁路继续向南推进,意指华中重镇武汉。

1937 年冬,面对日寇的进攻,安徽省政府从安庆迁到了六安。这年年底,蚌埠附近的铁路沿线已被日军占领。外敌入侵、国家危亡,令吴伯安先生心情沉痛;战局的失利、鬼子的逼近,又促使他高血压和心血管疾病的病症加重。从焕辉来信中得知,焕辉的学校已经迁到了西安。他觉得西安不错,有潼关的阻挡,现在尚属大后方。焕辉的学校既然迁到那里,他便产生了由焕涛送他去西安的念头。他想若去了西安,一来有利于自己治病和养病,二来可以为焕涛谋个事情做。于是他去信征求焕辉意见,很快得到了焕辉的极力支持。伯安先生随即把家中老小托付给县政府的朋友关照,自己带着焕涛启程赴西安。辗转多日,历经磨难,1938 年初,父子俩终于抵达西安。他们住进了焕辉为他们早已租好的房中。战乱年月中,吴家父子三人能团聚在西安城,这是多么难得的幸事呀!

可是好景不长。1938年初日寇占领临汾后,接着又攻占了黄河的风陵渡口,开始炮轰潼关。此时西安城频繁遭到日本飞机轰炸,再也不是平静的大后方了! 1938年3月2日,国民党政府军事委员会命令西安临时大学迁往陕西汉中。汉中与西安被秦岭山脉阻隔,只有一条简易沙石公路相连。可以预见,这次迁校比起从北平到西安来,将会更加艰难。

焕辉得知要再次迁校的消息后,忙找父亲和三弟商量。父亲说他的身体经受不了从西安到汉中的跋涉,再说焕涛已担任了一所学校的美术教师,不便离开西安。父子三人只得再次依依惜别。

西安临时大学迁移事务委员会将全校师生分成三个中队,下辖若干个区队。经过短时间的紧张准备,1938年3月16日晚,全校师生登上西行列车,于次日晨抵达了宝鸡。稍作休整后,他们沿着西汉公路(西安到汉中公路)开始徒步行军。当天晚上,第一中队驻大湾铺,第二中队驻隘门镇。此时,体力偏弱的第三中队仍暂驻宝鸡。3月18日休整一天。从19日起,全体师生开始沿西汉公路徒步翻越秦岭。行李重物由骡车载运,年轻力壮的学生们背着随身行囊徒步行进;老弱病残及随队家属,轮换着乘车和步行。一路上朝行暮宿、风寒雨露、食无定时。大多数情况下,大家只能以干粮充饥。

4月3日在迁校的途中,学校领导接到国民党政府命令,西安临时大学改名为国立西北联合大学。

　　在将近一个月的艰苦跋涉中,全校师生涉渭河、越秦岭、渡柴关、过凤岭,行程五百多里。到4月中旬,国立西北联合大学的全体师生终于克服千难万险,抵达汉中。

　　在汉中,西北联大的校址分设在六处:校本部和文理学院设在城固县城,农学院设在勉县武侯祠,教育学院设在文庙,法商学院设在小西关,工学院设在古路坝,医学院设在南郑县。1938年5月2日,国立西北联合大学正式开学,在城固县校本部举行了隆重的开学典礼。全校师生筚路蓝缕,历尽千辛万苦,终于在陕西汉中安定下来,恢复了正常的教学秩序。

　　安定下来后,焕辉立即给父亲和家乡亲人寄去报平安的家信。此时,杜甫的著名诗句在他心中油然而生:"烽火连三月,家书抵万金。"他深深领会到诗圣杜甫这句名诗的深刻含义。此时的家信,真是无价之宝呀!

三十七　日寇逼近寿县城

七七卢沟桥事变爆发时,年满十六岁的金玉华刚从初中毕业。战局的突变,让他不能安心读书了。他向爷爷提出,自己要去参军打鬼子。但爷爷觉得他还小,一直犹豫不决。可是战局变化之快,完全出乎所有人的预料。七七事变才过去三十多天,鬼子就从吴淞口登陆,进攻上海了! 此时金老太爷不再犹豫,决定送玉华去参军。

老太爷戴上老花眼镜,给大孙女婿写去一封信。9月初,他收到大孙女婿从成都寄来的回信,说他已经托了一位朋友,请他带玉华来成都。但是玉华必须先到南京,去找他的这位军中朋友。金老太爷担心玉华年纪小,没出过门,就为他找了一位去南京的旅伴。

玉华走的那天清晨,全家人都来送行。玉秀挽着母亲,一直把玉华送到了北门外码头。此时,玉秀撸下手上的一枚金戒指,作为临别的纪念品,塞到弟弟手中。母女俩对玉华嘱咐了又嘱咐,泣不成声地同玉华分手。全家人也都眼中含着泪,依依不舍地与玉华挥手告别,目送着航船向蚌埠驶去。

卢沟桥事变后，全面抗战爆发，蒋介石重新部署战局。他以安徽为中心，连同相邻的苏鲁豫鄂各一部分，组成了第五战区。任命李宗仁为第五战区司令长官，李品仙为副司令长官。李品仙于 1938 年 1 月率领国民军第十一集团军从徐州移驻寿县。

由于兵力所限，日寇侵华的总策略是优先攻占交通线及其沿线城镇。1937 年 11 月 13 日日寇攻占南京后，残酷地屠杀了三十多万中国人。接着日寇一方面从南京向北推进，另一方面从鲁南向徐州进攻，企图南北夹击打通津浦铁路。1938 年 2 月 3 日，日寇攻占了蚌埠，安徽境内的津浦铁路全部落入了敌寇之手。随后的两三个月中，李宗仁带领的部队虽然取得了台儿庄战役的胜利，但终不敌日寇的机械化部队，只得退往阜阳。1938 年 5 月 12 日，徐州沦陷，津浦铁路全线被日寇占领。

日寇控制津浦铁路后，将进攻的目标转向了淮南铁路。淮南铁路是一条将淮南煤矿产的煤，运往长江黄金水道的小铁路。它北起淮南煤矿的田家庵，南到长江边的裕溪口，全长 214 公里，于 1936 年 5 月才全线通车。淮南铁路在军事上有着重要的战略地位，日寇自然要把它当作一个战略重点。

寿县虽然不在津浦铁路的沿线，但淮南铁路从其境内穿过。寿县的水家湖、下塘集、吴山庙等都是淮南铁路线上的重镇，自然成为日寇的进攻目标。对于寿县县城，日寇也不会放过。1938 年 5 月，日寇先后占领了合肥和淮南三镇，接着全线控制了淮南铁路。

　　从 5 月底起,寿县城里议论纷纷,都说鬼子兵即将进攻县城了。全城百姓人心惶惶,家家都在盘算如何应对即将到来的灾难。自从公公和三弟去了西安,家中只有婆母、十三岁的四弟和妯娌俩,玉秀自然成了家里的主事人之一。近一个月来,她接连收到公爹的两封信。信中说他在县政府里已经托付了可靠的人,反复叮嘱她,鬼子来时一定要跟着他托付的人走。为了让公爹放心,玉秀在回信中向公爹保证,一定按照他的要求去做。

　　风声日紧,玉秀与婆母商议后,给家中的伙计、干娘、丫头们结算了工钱,让他们各自回家避难,只留下已六十多岁,又不愿逃难的老何,在家守护院子。他们收拾好细软,缝入了布袋,以便鬼子来时,每个人都能及时缠在腰间带走。

　　这天晚饭后,玉秀抽空回娘家瞧瞧。爷爷和大哥都在堂屋里,她问爷爷怎么打算,爷爷叹口气说:"我都八十岁的人了,还躲个什么? 鬼子来了,大不了一死。我死也死在家里!"玉秀还想劝,大哥却说:"就随爷爷的意吧! 再说还有三叔一家照看呢!"玉秀忙问:"三叔一家都不走吗?"哥哥轻声答:"你也不是不晓得,三叔年轻时抽大烟,现在一身的病。三婶一个妇道人家,拖着个病人,还有三个年幼的孩子,怎么跑?"玉秀沉默了。她从三叔又联想到了婆家对门的叶家老姑。怎么三婶和叶家老姑一模一样,都是摊上个吸大烟的男人,又都是孩子小,没法跑。看来他们只能听天由命了! 玉秀又问爷爷:"俺大姑樊家打算怎么办呢?"爷爷答:"你还用得着操她家的心? 她全家都入了洋教,到时候往仲小姐的教堂里一躲就完了。你大姑还要带我去教堂,我又不信洋教,我去那里做什么?"大哥接着说:"近来,听说很多年轻女人都抢着入洋教。还不是为了躲鬼子吗?"玉秀又问大哥,打算带着大妈和自己的娘躲到哪里去,大哥说,去南乡的老姑奶奶家。玉秀嘱咐他,一定要照管好自己的娘!

辞了爷爷和大哥,玉秀先去三叔三婶屋里瞧了瞧,就去看望自己的娘。只见娘和莲儿正在收拾东西,一见面娘就数落她:"兵荒马乱的,你又跑来做什么?"玉秀答:"不放心,来瞧瞧爷爷和你。"又问,"收拾好了吗?"娘说:"有什么好收拾的? 拿几件换洗衣服就照了,拿多了又走不动!"玉秀说:"有莲儿陪着你,我放心多了! 可有一样,到时候千万要跟紧我大哥,可别走散了!"又嘱咐莲儿,"搀扶好二奶奶! 别忘了背好干粮和茶水!"时间不早了,玉秀只得急急忙忙返回婆家。大哥不放心,又一路护送她回到吴家楼巷。

三十八 "跑日本"

刚进入 6 月,风声愈紧。担任寿县驻防的国民军桂系一三八师五旅,早就布防在县城东面的平头山、二十里店、癞山集一线,准备迎敌。

6 月 2 日,县政府已经开始向南乡迁移了。县城里不少老百姓也闻风而动,跟随着县政府向南逃难。玉秀遵从公爹的吩咐,一直在家静候县政府来人,可是直到晚上也没人上门。

6 月 3 日清晨,日寇对寿县城发起猛攻。除了地面的山炮猛烈轰击外,日寇的飞机也从空中配合,向桂军阵地狂轰滥炸。由于中国军队没有空中力量,日寇的飞机飞得很低,甚至用机枪向下扫射。桂军虽然装备远不及日寇,但坚守阵地,顽强抵抗,承受着惨重的伤亡。

听见城东响起炸弹声和枪炮声后,大批百姓蜂拥似的出城,向南乡逃亡。见此情景,玉秀再也不能迟疑了。征得婆母同意,一家四口连忙出门。他们随着人流,挤出东门到了渡口。大家都要坐船,沿护城河去南门外,再向南逃。只见渡口处等船的人黑压压一片,人多船少,只能见机会就抢着上船。正在此时，三弟妹却说她忘带了要紧的东西，执意要回家去取。玉秀和婆婆拦也拦不住，她已经跑回去了。又有船靠岸时，玉秀拼尽全力将婆母和四弟送上了船。又忙告诉他们，在南门外的对岸码头等候她和三弟妹。看着婆母坐的船划走了，玉秀回到城门口等候三弟妹。

正在此时，两架日本飞机从东面而来，飞临头顶。这些禽兽竟然向着手无寸铁的平民百姓大肆杀戮，玉秀目睹了一场终生难忘的血腥屠杀。带着太阳旗标志的飞机飞得很低，向下扔炸弹，专炸人群。只见那一颗颗炸弹活像一只只黑茄子，直向下落。炸弹一落地就炸，尘土、浓烟裹挟着血肉模糊的人体断肢飞到半空，包袱布和衣物漫天飞舞。地上被炸出了许多深坑，哭号声、惨叫声、呼儿喊娘声笼罩在护城河两岸。落在护城河里的炸弹，在河面上掀起了几丈高的水柱，被炸中的船顿时成为碎片。没被炸中的船，被水浪推得原地打转。有的船已破损，倾斜着浮在水面。落水的人在河里挣扎、呼救……河面上漂浮着死尸、残肢、衣物等，河水变得一片鲜红。

幸而日寇的飞机只转了一个圈，造完了孽，向东飞去了。玉秀含着泪，焦急地向河里张望，寻找婆母和四弟的踪影。好不容易看见有船只靠岸，在下船的人群中，她看见了婆母和四弟的身影，热泪顿时模糊了她的双眼，她号哭着迎了上去。婆母和四弟都惊得浑身发抖，手脚不听使唤，连话都讲不出来。婆母不停抖动着嘴唇，用颤抖着的手指着家的方向说："回！……回！……"

玉秀搀着婆母、拉着四弟，又回到家中。一进门三弟妹和老何就讲，县政府派来的人已在厅屋里等候多时了。玉秀忙去见，却是两个带枪的兵，他们自称是县政府派来护送他们逃难的。时已中午,妯娌俩和老何一起做了简单的午饭,大家一起吃了。

这时,县城东面抗击日寇的前沿阵地上,战斗更加激烈。匆匆地吃完午饭,那两个兵紧催着玉秀他们出发,说桂军奉命坚守到今天晚上,就是给逃难的百姓抢回一点时间。如果再不走,就真的来不及了。可是此时,婆母无论如何也不愿离家了。大家怎么劝也没用,两个儿媳妇急了,一左一右,连哄带拽,硬是架起婆婆出了家门。

这一次他们直接走出南门,过了护城河上的桥。往前一瞧,老百姓纷纷沿着寿六公路(寿县到六安的公路)向南行。这是一条近两年才由古道改建成的土公路,不宽的路面上挤满了难民。骑驴的、挑担的、推小车的、扶老携幼的……到处都是呼儿唤女声、孩子的哭叫声、老年人的叹息声……

婆婆有一双标准的三寸金莲,虽然有两个儿媳搀着,仍然走不快。幸好两个兵早有准备,他们把绳索捆扎在两根竹竿上,做成担架。先放包袱,再让老太太坐在包袱上,抬着她走。此后行进速度加快了,不断超越前面的人。

玉秀向两个兵打问县政府的驻地,他们说在戈家店的陈荫南圩。玉秀一听就明白了,因为戈家店就挨着安丰塘的北面塘堤,离她娘家的老姑奶奶家不远。记得小时候,她曾跟着奶奶去老姑奶奶家做客。在她童年的记忆中,安丰塘的景色很美:岸柳成行、碧波荡漾,远处水天一色,一眼都望不到边。至今她还记得当年学会的那首民谣:

嫁星星,嫁月亮,

不如嫁到安丰塘。

安丰塘,鱼米乡,

大米干饭鲜鱼汤。

如今回想起当年,那是多么美好的时光!现在日本鬼子来了,哪还有兴致去看什么风景?但是县政府驻地离自己的老姑奶奶家不远,她抽空还能去瞧瞧自己的娘呢!

黄昏时分,他们进了某个郢子,打算找个住处过夜。一打听,这里离县城已经有四十里了。县城离戈家店大约六十里路,一个下午他们竟然走了一大半的路了!

玉秀正在街上走,忽然觉得有人拉她的衣襟。她忙回头,没想到竟是大嫂李云珍。大嫂怀里还抱着一岁多的小侄女,身旁站着四岁多的大侄女。玉秀忙向婆母打招呼,让他们等等,她先去瞧瞧自己的娘。

玉秀随大嫂走到一户人家门口,见大妈正坐在一棵香樟树下。大哥站在一旁,正在焦急地东张西望。一见玉秀,大哥突然大哭起来,说的第一句话竟是:"二婶挤丢了!"玉秀一听又气又急,抱怨的话脱口而出:"你们全都在,怎么偏偏把俺娘弄丢了?"话一出口,她就后悔了。只见大哥一个七尺男儿,已哭得满脸是泪,泣不成声了。她想,大哥也确实不容易,拖着两个小脚老太太,带着两个幼小的女儿,还要走这么远的路!大妈比自己的娘大四岁,脚又比自己娘小得多,自然要对大妈多照顾一些。再说,自己的娘有莲儿扶着，大哥自然会少操心些。又一想，现在抱怨谁都没用，还是赶快找吧！

玉秀冷静下来后说："一路上我见路边的墙上、树上贴了不少寻人告示。俺们先住下来，晚上写寻人启事去贴。俺娘识字，见了帖子，她会找来的。"大哥连声赞同，让玉秀先回去安顿好婆家人。

玉秀忙回去找婆家的人，又找到住处让他们安歇下来。然后她给婆母讲了娘家的事。婆婆一听就急了，叫她快去帮娘家人找走失的娘，然后再去县政府驻地找他们。

大哥在街口等到玉秀后，兄妹俩忘了疲劳，不停地写寻人启事，又马不停蹄地在郢子里和来时经过的路口到处张贴启事。回来后，他们又继续写寻人启事，打算明天边走边贴。

第二天早上玉秀边贴寻人启事，边在人流中不停地搜寻着。她多么希望有奇迹发生，自己的娘会突然出现在眼前！他们走得慢，直到第三天中午才到了老姑奶奶家。

在老姑奶奶家住下后，玉秀就守在郢子北面的路口处，但直到晚上也没见到娘的身影。玉秀吃不下，也睡不着。天刚亮，她又守在了路口。近中午时分，玉秀终于看见娘扶着莲儿慢慢过来了。玉秀跑过去，一把抱住了娘，三个人都哭成了泪人。待回到老姑奶奶家后才知道，玉秀娘果然是看见了寻人启事，才一路找过来的。

日寇占据寿县县城一个来月后，有消息传来，鬼子于 7 月 5 日撤离了县城,人们纷纷开始返城。吴家的四口人于 7 月 8 日下午也回到了县城。她们刚走进巷口,叶家老姑和门房老何已经听到了信,守候在那里了。叶家老姑不由分说,一把就把他们拉进了叶家。晚饭后,又安排他们住下。因为他们太累了,也就没有推辞。

第二天早饭时,经不住婆媳三人再三追问,叶家老姑才讲了实情。原来那天鬼子进城后,有一个小队的鬼子,大约五十人闯进了吴家。这帮鬼子兵霸占了整个院子,还把老何赶出家门。这一个月来,老何一直被叶家老姑收留。这个消息把婆媳三人惊呆了,玉秀和三弟妹再也坐不住了,马上就往自家院里走。婆母也想回去瞧,让叶家老姑硬是拦住了。

妯娌俩进家门后,先进了厅屋。几间厅屋里搭满了床板,看来鬼子们住在这儿。厅屋的墙上空空如也,原来的字画、摆设全没了。家具、什物被扔得东一个西一个,许多东西被扔进院子,任由风吹、日晒、雨淋。玉秀进了自己屋里,见床上被褥用品全没了,只剩下了空床架。柜门大开,里面的东西也没了。装满了嫁衣的四只樟木箱全没了踪影。墙上、板壁上贴着日本女人像,还有乱涂的下流画和日本字。婆母和三弟的屋里也是如此。堂屋的桌椅虽在,但摆设、字画、用品也全没了。

两人走进后院,只见厨房被糟蹋得乱七八糟。自家的锅碗瓢盆、灶具什物被扔得房前屋后到处都是。小桌、矮凳、橱柜横七竖八地堆在院中,任由风吹雨打。菜园、猪圈到茅厕一带,已经被这帮畜生糟蹋成了大粪场。屎尿遍布、臭气熏天,地上让人无处下脚,空中一群群苍蝇成团地飞舞。尽管她俩用手绢紧紧捂住了口鼻,仍然被阵阵恶臭熏得连连作呕。她俩匆匆查看一番后,忙退了出来。

后院里没找到衣箱,她俩只得出了后门,向水塘走去。远远地就看见水塘边的芦苇丛中堆着一大堆被褥、枕单、帘帐等。走近了再瞧,已经全都污烂腐朽了。柳树下的水塘里,东倒西歪地泡着十多只衣箱,还倒卧着几只小柜。玉秀一眼就认出了自己陪嫁的那四只樟木箱,都斜躺在水中的苇丛里。她忙下到塘里,就近打开了一个箱盖。只见娘给她的嫁妆衣服还是整整齐齐的,满满一箱,颜色还是那么美丽鲜亮。可是当她想拿起来细瞧时,手一碰,衣裳却立刻变成了碎片……天哪!这可是自己的娘花费了大半辈子心血,为自己苦心积攒下的嫁妆呀!是娘打算让她穿上二三十年的衣装呀!狼心狗肺、该千刀万剐的日本鬼子,竟然扔进水塘里,全都沤烂了!刹那间家国仇、民族恨,裹挟着多年来聚积在心底的忧愁、悲伤、屈辱和仇恨,如火山爆发似的喷涌而出,妯娌俩悲愤难耐,无法释怀,只能抱在一起,痛痛快快地大哭了一场。

午饭后,婆母吩咐老何去找伙计们的领班张克亮。让张克亮去唤来伙计、干娘和丫头们,明天开始整修宅院。

第二天起,张克亮带人干起来。粉刷房屋、整修厨房、清理后院、购置用品……整整忙了五六天,才初见眉目。这时,大家才又住回了自家院中。

三十九　离寿春去兰州

"跑日本"回家后，待一切安顿妥当了，玉秀的头件事就是回娘家瞧瞧。在堂屋里，她见到爷爷和大哥。爷爷还是老样子，她放心了。玉秀问这一个月是怎么过来的，爷爷说："还好。鬼子没有找上门，俺们全都窝在家里不出门。"玉秀问："俺三叔的店怎么样了？"爷爷答："这种时候，谁还管什么店不店的？能保住命就是天大的造化了！"她又问了大哥几句话，就辞了爷爷去瞧娘。

一见面娘就先问吴家怎么样，玉秀讲了一个小队的鬼子兵住进吴家院子，是如何祸害家的。怕娘伤心，她唯独没敢讲鬼子把衣箱泡进水塘的事。娘叹了口气说："老话讲'破财免灾'，吴家有钱，如今人都平平安安的就好。花点钱重置家当也值！"玉秀问回城的路上可好，她娘说："回来时走得慢，还照！"又问玉华和姐姐可有信，娘说："还是'跑日本'前的信，不是讲玉华还在空军的无线电训练班上学吗？"玉秀忙安慰娘："娘别担心，我马上给大姐和玉华去信！"

从娘屋里出来,玉秀进了三叔的院子。天气炎热,三叔正躺在树荫下的竹椅上养神。三叔告诉玉秀,他虽然一个月来没出门,可近些天听到的事情真不少。三叔说:"那天鬼子进城后到处抓政府里做事的人和军队里的人。凡是青壮年的男人,全都脱帽检查。凡被鬼子认作军政人员的,一律杀掉。这里面误杀了多少人,谁能知道? 城外挖了大坑,天天都有被鬼子杀了的尸首扔进坑里。街上也常躺着横七竖八的死人。"又说,"这一个月来城里死的人都快上千了! 其中死得最多的,要数年轻的媳妇和闺女。每当傍晚吹了归队号后,鬼子兵就到处砸门,找'花姑娘'。尽管年轻的媳妇和闺女们都剃了光头、穿着男人衣服,还用锅灰把脸抹黑,但仍有不少人没逃出鬼子的手掌心。被搜到的媳妇和闺女,都是先被糟蹋,再被杀掉,惨得很哪!"三叔连连地摇头、叹气,又说,"狗汉奸们还带着鬼子到处搜粮拉夫。万幸的是,鬼子没进俺家,俺们没遭更大的难!"玉秀听着三叔的讲述,早已是泪流满面,泣不成声了,许久都说不出一句话来。最后临出门时,玉秀劝三叔:"鬼子再来时,还是躲一躲吧!"三叔却不住地摇头,许久才喃喃道:"听天由命吧!"

这一个月在戈家店,邮路不畅,亲人间的消息基本中断了。从娘家回来的当晚,玉秀给公爹、焕辉、大姐和玉华都写了报平安的信。8 月上旬,她陆续收到了各处的回信。焕辉的信最长,信中写道,7 月初,他已经从西北联大农学院毕业了。在几位教授的举荐下,他留校担任了助教。又说最近学校的情况变化很大。7 月 21 日,国民政府教育部下达训令,命国立西北联大农学院与国立西北农林专科学校合并,成立国立西北农学院。西北农林专科学校在陕西省武功县境内，位于西安市西面200多里处。焕辉估计，不久学校就要搬迁到那里去了。公爹的信不长，讲了他的身体和焕涛的工作。大姐在来信中告诉她，玉华还在上军校，又说他们都好，嘱咐玉秀照顾好母亲。

这次"跑日本"给玉秀留下的印象太深刻了，尽管事情已经过去七八个月了，每次回想起来，仍旧让她后怕。她常想，自己年轻、生活经验少，以后再遇见这样的事，自己怎么能挑起一家四口安全的重担？上次"跑日本"时，如果婆母和四弟乘坐的船被炸中了，她该如何应对？又怎么向公爹交代？思前想后，愈想愈怕，她决定给公爹写封信，谈谈自己的顾虑，请公爹拿个主意。

信寄出后，玉秀一直盼着公爹的回信。但一个多月过去了，并无回音，却收到了焕辉的来信。焕辉在信中说，指导他的几位恩师接受了国立西北技艺专科学校的聘请，将要前往任教。恩师们想带焕辉一起去，他已经同意。又说这所学校位于甘肃省兰州市，是刚刚由国民政府行政院组建的一所农业学校。学校虽然偏远，但也应该更安定一些。现在他即将跟随教授们去兰州。

又过了十来天，玉秀才收到了公爹的信。公爹做出了三项重要决定：第一项，让焕涛辞去西安的工作，到兰州去谋职，以便与焕辉相聚，互相有所照应；第二项，他将启程返回家乡，他觉得自己远离故土、抛家舍业，终归不是长远之计；第三项，待他回家乡后，立即着手送玉秀妯娌俩去兰州，让他们夫妻团聚。

看完信玉秀大感意外，自己原本是指望公爹能回来，撑起这个家，没想到公爹竟然做出了这么大的调整！如此一来，既让小夫妻们团圆了，公爹、婆母和小叔子也团聚了，实在是万全之策！玉秀想，这样大的调整，绝不是自己的一封信促成的。公爹是位明智又深谋远虑的人，这件事不知在他心中已盘算多久了！自己的信只不过促进了公爹的决断和实施。

公爹将要送妯娌俩去兰州的消息，让玉秀着实高兴了好一阵。尽管不断有人告诉她，兰州地处偏远、落后的大西北，那里的生活很艰苦，但玉秀丝毫不为所动。她已经下定决心，焕辉在哪，哪里就是她的家！地方再偏远，生活再艰苦，她也会毫不犹豫地走向焕辉生活的地方！可是当玉秀想到要远离亲娘和故乡时，眼泪仍止不住地往下淌。在她二十四岁的人生中，还从来没有离开过亲人和故乡。如今将要远离故土和亲人，怎能不悲伤呢？毕竟骨肉亲情难舍，故乡热土难离呀！玉秀抓紧在家乡的这段宝贵时间，频频地回娘家、探亲戚、访朋友。她想把亲情和友情更加深刻地铭刻在心间。

1939 年 5 月中旬，公爹回家了，还带回一个好消息。焕涛到兰州后，在焕辉的帮助下，已在甘肃省博物馆就职。焕辉兄弟俩在兰州安居下来后，公爹开始认真考虑儿媳们的旅程。

许多人都知道，从家乡去兰州是件很艰难的事。不仅因为战乱，还因为大西北的交通极为不便。目前火车只通到宝鸡，从宝鸡到兰州还有一千多里路。这一千多里路，全部是黄土高原沟壑间的土路。若能搭乘上汽车，花上五六天就能到达，那自然是很幸运的事了！若搭不上汽车而坐骡马车，那就不知要走多久了！何况在这战乱的年月里，两个年轻的妇女怎能独自长途旅行？沿途会遇到怎样的危险和困难，谁又能预料呢？所以为儿媳们寻找去兰州的可靠旅伴，成为伯安先生的头等大事。他费尽周折，终于找到了几名去西北执行军务的军人，可以携儿媳们同行。其中的吴连长还是吴家楼巷的族亲，按辈分，玉秀她俩得叫他族叔。直到此时，伯安先生的心才算踏实下来了。

临行前，公婆让玉秀妯娌都回各自的娘家住了两天。玉秀与娘同床而眠，彻夜长谈，母女俩总有讲不完的知心话、诉不完的骨肉情……玉秀又嘱咐莲儿照顾好自己的娘，交代完这样，又想起了那样。白天，她与爷爷、三叔及大哥大嫂一一倾心深谈，珍重道别，又与闻讯前来辞行的众亲友们逐一致谢，就此告别。

1939 年 6 月中旬的一个清晨，玉秀和三弟妹孙志华要启程远行了！妯娌俩都饱含热泪，向着送行的亲人频频挥手。玉秀用泪眼凝视着寿春古城的一石一瓦、一草一木，心中恋恋不舍地呼喊着："再见了，亲爱的故乡！再见了，我的亲人！"

自此，金玉秀离开了生于斯、长于斯、至亲至爱的寿春古城，踏上了人生的新旅程。

四十　尾声

玉秀妯娌俩经历了一个多月的艰难跋涉,终于抵达兰州与丈夫团聚了!

同全国的老百姓一样,夫妻俩携手度过了抗战时期的艰苦生活,又欣喜若狂地迎来了中华民族抗战胜利的那一天。

1945 年 8 月,西北技艺专科学校奉国民政府教育部令改名为"西北农业专科学校"。新中国成立后,西北教育部于 1950 年春决定,将西北农业专科学校并入西北农学院。焕辉和玉秀携三儿一女,随学校迁到了陕西省武功县。从此,西北农学院就成为焕辉和玉秀终身工作和生活的地方。他们虽然身在祖国的西北,但故乡寿春镇永远驻留在他们的心间。故乡寿春镇,是他们终身的牵念!

2022 年 4 月 22 日完稿

主要参考文献

1.《寿县志》

寿县地方志编纂委员会编　黄山书社　1996 年 9 月第 1 版

2.《寿县革命斗争史》(1919—1949)征求意见稿

寿县革命斗争史编写办公室　1979 年 12 月

3.《北洋军阀统治时期中国社会之变迁》

张静如、刘志强主编　中国人民大学出版社　1992 年 6 月第 1 版

4.《国民政府统治时期中国社会之变迁》

张静如、卞杏英主编　中国人民大学出版社　1993 年 5 月第 1 版

5.《北伐战争》

黄峥编写　新华出版社　1991 年 4 月第 1 版

6.《中国近代面粉工业史》

上海市粮食局、上海市工商行政管理局、上海社科院经济研究所经济史研究室编　中华书局　1987 年版

7.《安徽文史资料选辑》第七辑

中国人民政治协商会议安徽省委员会文史资料研究委员会编

8.《安徽文史资料选辑》第十辑

中国人民政治协商会议安徽省委员会文史资料研究委员会编

9.《安徽文史资料选辑》第十三辑

中国人民政治协商会议安徽省委员会文史资料研究委员会编

10.《安徽文史资料选辑》第十六辑

中国人民政治协商会议安徽省委员会文史资料研究委员会编　安徽人民出版社　1983 年版

11.《安徽水灾备忘录》

安徽地方志办公室编　黄山书社　1991年版

12.《一二·九运动史要》

中共中央党校党史研究班编写　中共中央党校出版社　1986年版

13.《民国时期的土匪》

(英国)贝思飞著　徐有威等译　上海人民出版社　2010年修订版

14.《抗日正面战场》

彤新春编著　中国大百科全书出版社　2012年版

15.《北洋军阀统治时期的兵变》

中华民国史档案资料丛刊、中国第二历史档案馆编　江苏人民出版社

1982年版